GW01100033

BIBLIOTHÈQUE
DE LA PLÉIADE

1. *Portrait de Casanova*, frontispice de l'*Icosaméron*, 1788, gravure.

Album Casanova

PAR MICHEL DELON

GALLIMARD

AVANT-PROPOS

Son nom revenait dans les conversations, synonyme de séducteur. Un Casanova devait être beau parleur et volage. Son peu de scrupule semblait garant de son efficacité et son teint basané le marquait comme un étranger à la bonne société et à la bonne littérature. Beaucoup ne savaient même pas qu'il avait écrit.

« La vie de Casanova offre un spectacle aussi diversifié et mouvementé que celle de Gil Blas ; mais elle n'a pas eu la bonne fortune de trouver un second Lesage pour en faire le récit. » Stendhal lui-même, qui a lu les *Mémoires du Vénitien J. Casanova de Seingalt* et en rédige un compte rendu dans le *New Monthly Magazine* en 1826, ne reconnaît en lui ni un écrivain ni un aîné dans la chasse au bonheur. Gil Blas qui échoue à devenir Lesage, Casanova serait un aventurier et non un mémorialiste, un homme de bagout plutôt que de plume. La seule excuse de Stendhal est d'avoir lu un texte largement remanié et transformé tant stylistiquement que moralement. D'autres furent pourtant meilleurs lecteurs. Sainte-Beuve se passionne pour des pages où il aperçoit « je ne sais quelle grâce des Sévigné, des Choisy et des Bussy ». Il accorde à Casanova une désinvolture aristocratique, il met ce prétendu chevalier de Seingalt sur le même plan que des écrivains de grande naissance qui auraient du style spontanément sans prétention à la littérature. Plus tard, Paul Lacroix, alias le Bibliophile Jacob, s'enchante de l'allant des mémoires, mais, ne pouvant croire celui qui les a vécus capable de les raconter ainsi, se demande s'ils n'auraient pas été écrits par Stendhal ! Voilà l'auteur de *La Chartreuse de Parme* puni de ses préjugés.

Une édition en 1958 n'offrait encore les mémoires dans la «Bibliothèque de la Pléiade» que comme un document haut en couleur plutôt que comme une œuvre littéraire. Il a fallu attendre 1960 pour découvrir le texte original d'*Histoire de ma vie* et juger sur pièce le style de ce Vénitien francophone. Le procès du charmeur sans scrupule a été révisé et sa voracité réhabilitée comme une esthétique du quotidien. On a progressivement pris garde que l'auteur de cette *Histoire de ma vie* était également romancier, essayiste, traducteur, et qu'il avait touché à toutes les formes du savoir de son temps. L'achat du manuscrit des mémoires par la Bibliothèque nationale de France en 2010 a définitivement imposé Giacomo Casanova comme un grand écrivain et comme un grand écrivain de langue française. Il a permis d'entreprendre une véritable édition critique qui montre l'attention littéraire et le souci d'écriture de l'auteur, sans entamer le plaisir premier à le suivre dans ses aventures. L'ambition artistique de ce contemporain de Voltaire et de Rousseau, de Tiepolo et de Mozart n'ôte rien à son culot d'intrigant et à ses combines de séducteur : il a lui-même inventé ces images de lui-même. Il incarne aujourd'hui un art de vivre avec gourmandise, débarrassé de tout sens de la culpabilité, dans une Europe polyglotte et francophile.

Venise

Madame de Pompadour lui demande s'il est vraiment de là-bas :

– D'où donc ?

– De Venise.

– Venise, Madame, n'est pas là-bas ; elle est là-haut.

Le dialogue se déroule dans une salle d'opéra à Fontainebleau. Giacomo Casanova y a suivi l'ambassadeur de Venise. Il se trouve au-dessous de la loge où la maîtresse du roi assiste au spectacle. Il se fait remarquer par des rires puis des éternuements intempestifs. Tel est Casanova, tel est son sens de la mise en scène. Le dialogue a-t-il réellement eu lieu ? On ne demande qu'à y croire. Un théâtre offre un décor idéal, double spectacle sur la scène et dans la salle. Casanova a besoin d'approcher du pouvoir, d'attirer l'attention. Plus grand que la moyenne, plus chamarré qu'il ne convient, il a le verbe haut, la réplique qui frappe. Ses dentelles, ses breloques, ses bagues forcent l'attention. Dans ces années au milieu du XVIIIe siècle, l'opéra est un champ de bataille entre partisans de la tragédie lyrique à la française, savante et parfois un peu solennelle, et de la musique italienne, plus légère, plus facile. Casanova défend l'opéra de son

2. Pietro Falca, dit Pietro Longhi (1702-1785), *La Vendeuse d'essences*, huile sur toile.

Double page suivante :
3. Francesco Guardi (1712-1793), *Le Grand Canal près de l'église San Geremia* (détail), vers 1760, huile sur toile.

pays. Il vante sa cité natale, non pas *là-bas* au loin vers le sud, mais bien *là-haut* dans l'éclat de ses peintres et de ses musiciens, de ses artisans et de ses courtisanes. *Là-bas* désigne une réalité, *là-haut* une fiction en laquelle Casonova a changé son histoire et un mythe qu'il est devenu lui-même.

Depuis qu'il a passé les Alpes, le voyageur se voit contraint à la comparaison entre la France et l'Italie. La diligence qu'il emprunte à Lyon pour Paris ne se nomme-t-elle pas une gondole ? Elle tangue, elle ondoie et lui donne le mal de mer. « Mais la véritable gondole vénitienne poussée par deux rameurs va également et ne

4

cause pas une nausée qui fait bondir le cœur. » Une altercation s'élève dans la voiture entre les Français qui accusent le voyageur malade d'avoir trop mangé ou d'avoir l'estomac fragile et lui qui met en cause la suspension de la diligence. La première fois qu'il se rend à l'opéra à Paris, qu'y joue-t-on? *Les Fêtes vénitiennes* de Campra! « Après une symphonie très belle dans son genre donnée par un excellent orchestre, on lève la toile. Je vois une décoration qui me représente la Petite Place de Saint-Marc vue de l'île de Saint-Georges; mais je reste surpris de voir le Palais ducal à ma gauche, et la Procuratie de la Monnaie, et de la Bibliothèque, comme le grand clocher à ma droite. Cette faute trop comique, et honteuse pour mon siècle commença à me faire rire [...]. » Un peu plus tard, il voit surgir des coulisses « le doge avec douze sénateurs tous en robe bizarre qui se mettent à danser la grande passacaille ». Giacomo arrive à Paris dans une gondole qui ne mérite pas son nom et voit à l'opéra un spectacle qui déforme jusqu'à la caricature sa ville natale. Il se revendique vénitien, et d'autant plus vénitien qu'il a quitté la lagune, comme Jean-Jacques Rousseau se veut citoyen d'une Genève dont il s'est enfui adolescent, entre la réalité d'une origine et le mythe d'un enracinement.

4. Frontispice de la partition des *Fêtes vénitiennes*, opéra-ballet d'André Campra (1660-1744), 1710, gravure.

5. D'après Jean-Marc Nattier (1685-1766), *Le Duc de Richelieu, maréchal de France* (détail), huile sur toile.

6. François Boucher (1703-1770), *La Marquise de Pompadour* (détail), huile sur toile.

À l'opéra de Fontainebleau, le dialogue s'est poursuivi entre le voyageur et le maréchal de Richelieu qui accompagne la favorite du roi. Casanova obtient un franc succès par des bons mots involontaires, mais qui suffisent pour asseoir sa renommée. Il tousse; interrogé sur les fenêtres de sa chambre, sans doute trop mal fermées pour lui éviter un refroidissement, il réplique : « Je lui ai répondu, lui demandant pardon, qu'elles étaient même *calfoutrées.* » Discutant ensuite des mérites physiques des actrices en scène, il s'attarde moins que son interlocuteur aux « vilaines jambes » de l'une d'elles : « dans l'examen de la beauté d'une femme ce qu'on devait d'abord écarter étaient les jambes ». Les deux formules maladroites prouvent l'étranger qui ne maîtrise pas encore parfaitement le français, mais les deux grivoiseries lui assurent la sympathie complice des courtisans et lui valent une réputation de séducteur. À peine arrivé à Paris, Casanova pense avoir obtenu le succès qu'il recherche. Toute sa vie, il joue des coudes pour obtenir la protection des puissants, il fait sonner son verbe dans sa langue natale ou dans un français de mieux en mieux maîtrisé. Il se conforme à son image d'homme du monde et de libertin.

5

6

7

7. Nicolas Lancret (1690-1743), *La Camargo dansant*, vers 1730-1731, huile sur toile.

13

Histoire
de Jacques Casanova de Seingalt venitien
ecrite par lui même à Dux
en Boheme
Nequicquam sapit qui sibi non sapit

Chapitre I.r

L'an 1428 D. Jacobe Casanova né à Saragosse capi:
tale de l'Aragon, fils naturel de D. Francisco enleva du
couvent D.a Anna Palafox le lendemain du jour qu'elle
avoit fait ses voeux. Il étoit secretaire du roi D. Alphonse.
Il se sauva avec elle à Rome où, après une année de pri:

8

Quand il compose l'histoire de sa vie, il affiche ainsi, dès le titre, une double identité de noble et de Vénitien. Il se dit chevalier de Seingalt et déroule une ascendance qui semble lui prédire son propre destin d'aventurier et de séducteur. En 1428, don Jacobe Casanova de Saragosse, secrétaire du roi d'Espagne, aurait enlevé une religieuse le lendemain de ses vœux, et aurait fui à Rome avec elle pour obtenir une dispense pontificale et une régularisation de leur situation. Les descendants de leur mariage, de génération en génération, auraient été, l'un compagnon de Christophe Colomb, un autre poète satirique à la plume acérée à Rome, un troisième acteur et danseur, « tirant parti de sa propre personne ». L'histoire familiale s'écrit sous le signe de l'aventure lointaine,

8. Giacomo Casanova, *Histoire de ma vie*, 1789-1798, tome I, chapitre I, folio 13 recto (extrait), manuscrit.

9

des accommodements avec l'Église, de la littérature et du théâtre. L'acteur, c'est le père de Giacomo qui épouse la belle Zanetta et qui, malgré la promesse aux parents, la fait à son tour monter sur la scène. Elle frappe chacun par sa beauté, « beauté parfaite », précise le mémorialiste. Giacomo naît en 1725. Les époux l'abandonnent à sa grand-mère quand ils quittent Venise pour aller jouer à Londres. Ils ont trois autres fils, Francesco en 1727, Giovanni en 1730 et Gaetano en 1734. Le premier et le quatrième sont promis à l'Église, Gaetano le cadet a traîné sous la soutane une vie ratée, Giacomo s'est vite débarrassé de son habit d'abbé. Francesco et Giovanni sont mis en apprentissage chez des peintres et s'imposeront l'un et l'autre comme des artistes reconnus.

9. Atelier Pietro Falca, dit Pietro Longhi (1702-1785), *La Collation avec les masques*, huile sur toile.

« J'ignore ce que je fis jusqu'à cinq ou six ans », explique Jean-Jacques Rousseau qui date ses souvenirs et la conscience de soi de l'apprentissage de la lecture. Casanova repousse ce moment de quelques années : « Au commencement d'août de l'année *1733*, l'organe de ma mémoire se développa. J'avais donc huit ans, et quatre mois. Je ne me souviens de rien qui puisse m'être arrivé avant cette époque. » Il efface d'autant plus ces premières années qu'il est délaissé par ses parents, sans affection, sans l'attention des autres dont il aura besoin tout au long de son existence. Sa souffrance s'accompagne de saignements de nez à répétition. Il met en scène sa naissance à la conscience, non pas par la lecture comme Jean-Jacques, mais par la magie. Sa grand-mère l'emmène chez une sorcière à Murano. Présence de chats noirs, dialogue en frioulan que l'enfant ne comprend pas, fumigations, manipulations, onguents,

10

10. Luca Calenarijs (1663-1729), *Vue du palais Malipiero à San Samuele sur le Grand Canal*, vers 1716, gravure.

11

obligation sous peine de mort de garder le secret sur ce qui s'est passé : tout doit impressionner l'enfant qui, la nuit suivante, est visité par une fée merveilleuse, dans un renversement du taudis au luxe, tandis que la mère dans l'éclat de sa beauté se substitue à la grand-mère âgée. Le mémorialiste suppose qu'il s'agit d'un rêve, mais n'exclut pas une mise en scène. Il entre dans un monde où la magie du théâtre, la force du verbe et la grâce des puissants peuvent donner force de réalité aux illusions les moins vraisemblables. Il sera lui aussi magicien, arpentant ces territoires entre terre et mer, foi et savoir, merveilleux et charlatanerie, où l'on peut

11. Bernardo Bellotto, dit Canaletto le Jeune (1720-1780), *Paysage dans la lagune avec une maison et un campanile*, 1737-1741, huile sur toile.

12. Gaetano Zompini (1700-1778), *Le Montreur de marmotte*, eau-forte du recueil *Le arti che vanno per via nella citta di Venezia*, 1785.

profiter de la crédulité du prochain et s'approprier des pouvoirs surnaturels. Ces territoires sont aussi ceux de la littérature.

Si la vie de Giacomo commence par la promesse non tenue de son père qu'il ne ferait pas une comédienne de sa jeune épouse, elle semble marquée par la promesse,

12

à peu près tenue cette fois, exigée par le père sur son lit de mort, à trente-six ans, qu'aucun enfant ne monterait sur scène. Giacomo est envoyé faire ses classes à Padoue, il doit étudier le droit civil et le droit canon, avant de prononcer ses vœux. L'air de la terre ferme devrait lui être plus profitable que l'humidité de la lagune. Francesco entre dans l'atelier de Guardi, le peintre des paysages, des caprices architecturaux et des scènes de la vie quotidienne à Venise, puis le quitte pour un rival, Antonio Joli, peintre de *vedute*, mais aussi de décors de théâtre, avant de trouver sa voie chez Francesco Simonini, grand peintre de batailles. Le deuxième frère de Giacomo, Giovanni, suit leur mère à la cour de Dresde où elle triomphe au théâtre, puis se forme à Rome sous la direction d'Anton Raphael Mengs, théoricien et praticien du néoclassicisme. Quand il revient à Dresde, il y fait carrière d'enseignant jusqu'à la direction de l'académie des beaux-arts. Francesco et Giovanni s'inscrivent dans une des grandes traditions vénitiennes : la peinture qui fournit toute l'Europe.

13

13. Francesco Giuseppe Casanova (1727-1803), *Le Dîner du peintre*, vers 1760, gravure.

14. C. F. Boëtius d'après Anton Raphael Mengs (1728-1779), *Portrait de Giovanni-Battista Casanova*, gravure.

14

Le rouge et le noir

15

L'itinéraire de Giacomo est bien moins linéaire. Il devait être ecclésiastique. À Padoue, il s'initie à la littérature latine et italienne, se passionne pour la chimie et la médecine. Il obtient ses diplômes de droit et reçoit la tonsure puis les ordres mineurs en 1740 et 1741. Une première situation s'offre, celle de prédicateur mondain. Bien fait de sa personne, le jeune abbé a trouvé un protecteur, un vieux sénateur épicurien « qui avait renoncé à tout excepté qu'à lui-même » et qui l'impose dans sa paroisse.

Il me paroissoit cependant dans
Il sourit quand je lui ai demandé
gens de lettres, une noble coterie p
heures. Il me confia que dans tout so
qui pût se vanter de savoir bien écri
ideè de bonne litterature, pas une
fort curieux de la gazette. Il me p
Lettres ensemble quand il recevoi

Son coup d'essai est un coup de maître : « Après m'avoir beaucoup applaudi la prédiction qu'on me fit fut générale. J'étais destiné à devenir le premier prédicateur du siècle, puisque à l'âge de quinze ans personne n'avait jamais si bien joué ce rôle. » La recette de la quête est à la hauteur du succès. Las ! une seconde expérience ruine ces brillantes perspectives. Après un bon repas, trop arrosé, le jeune prédicateur oublie son texte, perd contenance et s'enfuit. Sa disgrâce auprès de son protecteur achève de lui fermer cette voie. Il est envoyé au séminaire mais vite expulsé pour ses visites dans le lit de son voisin. Sa mère lui procure une autre situation ecclésiastique, auprès d'un évêque, nommé en Calabre par la grâce de Dieu, du Saint-Siège et d'elle-même. Rendez-vous est pris à Rome, le voyage devient pour Giacomo, qui s'est fait voler son argent, une aventure picaresque. L'entrevue est manquée. Il faut cette fois se rendre dans l'évêché même, à l'autre bout de l'Italie.

16

15. Anonyme, *Université de Padoue, Palazzo del Bo*, XVIIIe siècle, gravure.
16. Giacomo Casanova, *Histoire de ma vie*, 1789-1798, tome I, chapitre VIII, folio 125 verso (extrait), manuscrit.

Nouveau périple jusqu'à Naples, puis Martorano au printemps 1744. Giacomo manque sans cesse de se faire voler et violer, mais quelques accommodements avec la vérité lui permettent des parenthèses confortables, dans tel couvent ou telle famille dont il se prétend parent lointain. Il découvre finalement un palais épiscopal qui n'est qu'une grande maison démeublée et une ville sans personne avec qui avoir une conversation, ni aucune belle femme à séduire. « J'ai clairement dit à *Monsignor* que je ne me sentais pas la vocation de mourir dans peu de mois martyr dans cette ville. »

Soixante-quatre heures après être arrivé, il fait ses adieux à l'évêque de Martorano et ne se laisse pas plus retenir par l'évêque voisin de Cosenza. Il n'a pourtant pas renoncé au « grand trottoir de l'Église ». Il met ses

espoirs dans la cour pontificale. Des lettres de recommandation lui ouvrent à Rome le palais du cardinal Acquaviva, prélat espagnol devenu un des puissants personnages de l'État, et lui assurent l'indulgence

18

de Benoît XIV, pape favorable aux Lumières, auquel Voltaire a dédié sa tragédie *Mahomet ou le Fanatisme*. Le souverain pontife le dispense de faire maigre pour raison médicale et lui donne la permission de lire tous les livres défendus. C'est tout au moins ce que Giacomo

17. Giovanni Paolo Panini (1691-1765), *Le pape Benoît XIV visite la fontaine de Trevi à Rome*, vers 1750, huile sur toile.

18. Giovanni Battista Piranesi, dit le Piranèse (1720-1778), *Vue de la place Navona à Rome*, 1751, eau-forte.

assure. Il commence à apprendre le français ; une grande carrière lui semble promise. « Je savais que *Rome était la ville unique, où l'homme, partant du rien, était souvent monté très haut ; et il n'est pas étonnant que je crusse en avoir toutes les qualités requises : mon garant était un amour-propre effréné, dont l'inexpérience m'empêchait de me méfier.* » L'atmosphère de luxe, de raffinement mondain et de culture mi-profane mi-religieuse enivre Giacomo qui est persuadé d'avoir trouvé sa voie. L'homme, promis à la fortune, doit être « *un caméléon, susceptible de toutes les couleurs que la lumière réfléchit sur son atmosphère* » : Giacomo se sent cet animal-là qui glisse avec aisance des sacristies aux alcôves, avec trop d'aisance peut-être. Il se trouve compromis dans un projet d'enlèvement qui tourne mal. Il doit quitter le confort princier du palais Acquaviva et abandonner Rome. Le cardinal lui demande dans quelle ville il veut aller et à qui il doit le recommander. « Le mot que le désespoir, et le dépit fit sortir de ma bouche fut Costantinople. – Costantinople ? me dit-il, reculant de deux pas. – Oui Monseigneur ; Constantinople, lui répétai-je en essuyant mes larmes. » Les larmes n'attendrissent pas le cardinal et Casanova

19. École italienne, *Portrait du cardinal Troiano Acquaviva d'Aragona* (1697-1747), XVIIIe siècle, huile sur toile.

20

part avec une lettre de recommandation pour le comte de Bonneval, officier français passé au service de l'Autriche, puis des Turcs, converti à l'islam et devenu Ahmed Pacha. Il n'aurait peut-être tenu qu'à lui de suivre cet exemple fameux et de changer de religion. Il lui aurait suffi d'accepter la main d'une héritière qu'on lui offrait, il serait devenu un notable à Constantinople. «Je ne pouvais pas me résoudre à renoncer à la belle espérance de devenir célèbre au milieu des nations polies, soit dans les beaux-arts, soit dans la littérature, ou dans tout autre état, et je ne pouvais pas souffrir l'idée d'abandonner à mes égaux les triomphes qui peut-être m'étaient réservés poursuivant à vivre avec eux.»

20. Jean-Étienne Liotard (1702-1789), *Portrait en buste du comte Charles-Alexandre de Bonneval dit Ahmed Pacha,* contre-épreuve, pierre noire et sanguine.

Il reste à Constantinople durant l'été 1745. De retour d'Orient, il hume la poussière des dossiers dans des études d'avocat et tente la carrière des armes. Dans la France de la Restauration, ce sera pour Julien Sorel le rouge après le noir. Dans la Venise du XVIIIe siècle, Giacomo choisira l'uniforme d'enseigne de vaisseau après l'habit d'abbé : autant de déguisements. Au hasard d'une aventure, il se trouve aux portes de Rimini, avec inter-

187

Chapitre XIII

Je mets bas l'habit ecclesiastique pour m'habiller en officier militaire. Je laisse aller Therese à Naples. Je vais à Venise, je me mets au service de ma patrie. Je m'embarque pour Corfou, je descens pour aller me promener à Orsara

Double page précédente :
21. Francesco Giuseppe Casanova (1727-1803), *Audience accordée par le Grand Vizir Aimoli-Carac à Monsieur le comte de Saint-Priest le 18 mars 1779*, huile sur toile.

22. Giacomo Casanova, *Histoire de ma vie*, 1789-1798, tome I, chapitre XIII, folio 187 recto (extrait), manuscrit.

23. École italienne, *Vue de Corfou*, XVIIIe siècle, huile sur toile.

diction d'y entrer. « Je m'arrête sous la porte d'une chapelle pour attendre que la pluie cesse. Je tourne ma belle redingote pour n'être pas connu comme abbé. » Et il entre dans la ville qui lui est défendue. Tourner sa veste n'est pas une métaphore. Il renonce aux facilités du costume ecclésiastique. Il décide à Bologne de s'habiller « en militaire dans un uniforme de caprice ». Il convoque un tailleur de renom, choisit les tissus et les couleurs et se fait livrer. « Je n'ai jamais eu un plaisir de cette espèce pareil à celui que j'ai ressenti me voyant au miroir habillé ainsi. » L'uniforme est blanc, veste bleue, nœud d'épaule argent et or. Il pénètre dans un café de Bologne comme on entre en scène. Il passe quelques mois dans la marine vénitienne à Corfou, mais ce n'est pas toute l'année carnaval dans la garnison et l'avancement se laisse désirer. Se voyant préférer le « bâtard d'un patricien » au grade de lieutenant de vaisseau qu'il convoite, il démissionne. Il n'aura pas plus d'état stable dans la marine de la République que dans l'Église.

Tandis qu'on trace la carrière de ses deux frères, l'existence de Giacomo se présente comme une série d'occasions qui ne trouvent pas à se réaliser. Francesco et Giovanni deviennent les peintres qu'ils ont promis d'être; Giacomo est prêtre, prédicateur, abbé mondain, militaire, sera plus tard financier, espion, mage, secrétaire d'ambassade, bibliothécaire enfin, chacune de ses fonctions étant plus rêvée que durablement vécue. Sa vie s'écrit à l'irréel du passé. Quand on lit *Histoire de ma vie*, on le voit endosser des costumes, s'essayer à des postures et s'admirer dans le miroir, mais dans ce retour sur soi, au soir de son âge, il préfère chanter sa liberté plutôt que constater ses échecs. Il assume la quête permanente d'un

24

25

24. Gaetano Zompini (1700-1778), *Le Porteur de lanterne*, eau-forte *in Le arti che vanno per via nella città di Venezia*, 1785.

25. Francesco Guardi (1712-1793), *Le doge de Venise se rend à la Salute, le 21 novembre*, vers 1766-1770, huile sur toile.

protecteur et d'une place de favori ou de conseiller, se refusant d'y déroger en s'abaissant à un métier quelconque, comme il assume le choix de rire de tout.

La République de Venise connaît au XVIIIe siècle une nouvelle splendeur dans le développement du tourisme et du luxe, s'étourdissant une bonne partie de l'année dans un carnaval où tous les déguisements sont permis et admises les transgressions pourvu qu'elles soient discrètes. Elle fait surgir de l'eau de nouveaux palais, de nouvelles églises, enchante l'Europe de ses couleurs et de ses gammes. De Tiepolo à Canaletto, les peintres exportent un art inégalé de la fresque et de la toile, des mythologies rêveuses et des paysages suggestifs; de

Tartini à Vivaldi, les compositeurs diffusent des symphonies et des opéras, une maîtrise de la voix, en particulier de la voix inouïe des castrats. Puisque sa mère règne sur le théâtre et l'opéra, ses frères sur la peinture, Giacomo veut incarner la joie de vivre aristocratique qui disparaîtra avec la Révolution française et la chute de la Sérénissime. Il trouve une unité de vie dans l'art d'aimer.

26

26. École italienne, *Portrait d'Antonio Vivaldi* (1678-1741), XVIIIᵉ siècle, huile sur toile.

27

28

27. Alessandro Falca, dit Alessandro Longhi (1733-1813), *Portrait de Carlo Goldoni* (1707-1793), huile sur toile.

28. Giambattista Tiepolo (1696-1770), *Renaud observé* (détail), huile sur toile.

Amours

A-t-il inventé la série des aventures qu'il se prête ? A-t-il enjolivé les épisodes de ses conquêtes amoureuses, mêlant aux réalités vécues des détails tirés du *Roland furieux* de l'Arioste ou de *La Jérusalem délivrée* du Tasse ? Tant de complications pour arriver à ses fins ne sont-elles pas empruntées aux romans français du temps ? A-t-il allongé la liste des femmes aimées et aimantes, aimantes parce que aimées ? Les questions sont aussi fausses que de savoir si la belle Zanetta croyait aux rôles qu'elle débitait sur les planches ou si Francesco avait vraiment vu les attaques de brigands et les batailles qu'il peignait, si Giovanni s'investissait personnellement dans les scènes mythologiques qu'il construisait. Casanova écrit pour des amis et, au-delà du cercle de ses proches, pour des lecteurs anonymes qui veulent des anecdotes croustillantes. Il inscrit l'histoire de sa vie sous le signe de Vénus. C'est une incarnation resplendissante de la déesse qui vient le délivrer des maux de l'enfance. C'est une Vénus pas encore formée, mais déjà passablement rouée qui lui fait découvrir le désir et la jalousie : elle est la fille de son précepteur à Padoue et se prénomme Bettina. « Ce fut elle qui peu à peu jeta dans mon cœur les premières étincelles d'une passion qui dans la suite devint ma dominante. » Il a onze ans, elle en a treize (du moins le dit-il dans ses mémoires) ; elle lui préfère un camarade plus âgé, puis le très beau dominicain venu l'exorciser lorsqu'elle joue la possédée. Témoin qui refuse de juger, Giacomo fait l'expérience du pouvoir des mots et des larmes.

29. Nicolas de Launay d'après Pierre-Antoine Baudouin (1723-1769), *La Sentinelle prise en défaut*, vers 1770, gravure.

30

Une nouvelle étape est franchie avec des amours de vacances. Giacomo passe quelque temps dans une villa du Frioul. Lucie, la fille du concierge, «blanche de peau, noire d'yeux, et de cheveux», fait sa chambre et lui apporte son café du matin. Bettina était en avance sur son âge, Lucie reste bien naïve avec ses quatorze ans joyeux. Casanova se permet baisers, caresses et privautés, mais respecte sa virginité. Il la quitte fier de leur commun héroïsme. Quand il revient quelques mois plus tard, il apprend qu'elle a été séduite et enlevée par le premier coquin qui est passé par la ferme. Casanova se repent d'une vertu déplacée, d'une «sotte épargne». Le terme est économique et moral. «Je me suis promis une conduite plus sage dans la suite sur l'article d'épargner.

30. Jean-Honoré Fragonard (1732-1806), *Le Baiser volé*, 1756-1761, huile sur toile.

[...] Ce fatal événement m'a fait embrasser un nouveau système que dans la suite j'ai poussé trop loin. » Désormais, il dépensera sans compter et aimera à tout vent. Des années plus tard, dans une taverne borgne en Hollande, parmi les odeurs de tabac, d'ail et de bière, on lui offre une fille à marins dans laquelle il reconnaît la pauvre Lucie. « La débauche beaucoup plus que l'âge avait flétri sa figure et toutes ses adjacences. Lucie, la tendre, la jolie, la naïve Lucie que j'avais tant aimée, et que j'avais épargnée par sentiment, dans cet état, devenue laide, et dégoûtante dans un bordel d'Amsterdam! » Casanova connaît le remords de ne pas s'être libéré assez tôt d'un préjugé funeste et de ne pas avoir perpétré un crime prétendu.

Il n'a pas à se faire le même reproche avec deux sœurs, Nanette et Marton, qui veulent l'aider dans la conquête d'une de leurs amies. L'amie est vite oubliée, ce sont elles qui sont conquises. Une partie de colin-maillard et des vers de l'Arioste ne mènent à rien la première nuit. La suivante, une bouteille de vin de Chypre et une dînette conduisent aux baisers et à l'aveu des petits plaisirs entre sœurs; la promesse solennelle de ne pas les toucher et leur sommeil feint laissent vite place à la communion dans le plaisir. Après un

31

31. *Nanette et Marton*, illustration de José Zamora pour *Memorias* de Giacomo Casanova, Éditions Renacimiento, Madrid, 1916.

bain, une seconde bouteille et un nouveau goûter, les trois complices se remettent au lit : « et nous passâmes dans des débats toujours diversifiés tout le reste de la nuit ». *Débats* ou ébats : les gestes d'amour sont des échanges et les postures des arguments. Ce qu'il y a de possessif et d'exclusif dans une liaison semble désamorcé par le dédoublement des figures féminines. Le risque de drame s'évapore et le sentiment s'allège dans le pur plaisir de l'instant. Les vêtements s'échangent entre les sexes et le jeune abbé, qui ne se rase pas encore, est si beau en fille. Les amours à trois et le travestissement seront dès lors une constante des aventures amoureuses du Vénitien. Il présente sa vie comme une disponibilité permanente : suite d'occasions saisies ou provoquées, des entrevues tarifées aux passions qu'on jure durables, des satisfactions rapidement expédiées aux stratégies longues et compliquées.

Si l'on dresse la liste que le séducteur n'a jamais établie lui-même, quelques figures échappent à la simple suite de noms. Les conditions de la rencontre et les réapparitions dans *Histoire de ma vie* leur donnent une densité particulière. La scène se passe par exemple à Ancône, ville qui autorise tous les mauvais jeux de mots en français. Un front militaire passe non loin, entre armées espagnole et autrichienne. Un prélude gastronomique prépare la comédie amoureuse. Fort de son exemption pontificale, Casanova prétend manger gras. L'aubergiste, en bon chrétien, refuse de le servir. Un client espagnol calme les esprits : le dîner maigre peut être excellent et la gourmandise satisfaite sans provocation. La leçon est casanovienne. Une famille d'acteurs entre en scène. Une femme mûre est accompagnée de

32. École napolitaine, *Portrait de jeune homme avec tambourin*, XVIIIe siècle, huile sur toile.

33. Giacomo Casanova, *Histoire de ma vie*, 1789-1798, tome I, chapitre XI, folio 164 verso (extrait), manuscrit.

32

deux jeunes filles et de deux jolis garçons. Un libertin n'a que l'embarras du choix.

Personne n'est farouche, sauf le plus joli des garçons qui justement intéresse Casanova. C'est un castrat qui se nomme Bellino. Malgré toutes ses dénégations, Casanova le soupçonne d'être une femme. Il déploie sa générosité pour éblouir la famille et multiplie les propositions pour pouvoir « visiter » Bellino. Le débat sur le dîner, maigre ou gras, s'est déplacé sur l'amour, fille ou garçon. Les dérobades du castrat exacerbent le désir de Casanova qui est prêt à tout : « [...] quand même tout ce que vous dites arriverait, il me semble qu'il y aurait moins de mal à passer à la nature un égarement de cette espèce, qui peut n'être envisagé par la philosophie que comme un jeu fou, et sans conséquence qu'à procéder de façon à rendre inguérissable une maladie de l'esprit que la raison ne rendrait que passagère ». Le joueur prend le risque et gagne : Ancône est bien nommée, l'excès de la jouis-

puis je prie ces deux dernieres de me laisser seul avec leur frere.
Mon cher Bellino, lui dis-je, je suis sûr que vous n'êtes pas de mon
sexe — Je suis de votre sexe, mais castrat ; et on m'a visité — laissez que
je vous visite aussi, et voila un doblon — Non, car il est evident que vous
m'aimez, et la religion me le defend — Vous n'avez pas eu ce scrupule
avec le confesseur de l'eveque — Il étoit vieux, et ce ne fut qu'un coup
d'oeil qu'il jeta à la hate sur ma malheureuse conformation

33

sance se confond avec la découverte que Bellino se nomme Thérèse et porte un pénis postiche. Elle a été formée musicalement et érotiquement par un authentique castrat. La transgression a été acceptée pour se révéler au dernier moment inutile. Elle participe de l'excitation, rendue au lecteur par la longueur des marchandages et des arguties. L'adéquation du genre et du sexe relève d'une grâce comme l'accord des âmes de qualité dans les comédies de Marivaux. Casanova est prêt à partager sa vie avec une telle femme, libérée de bien des préjugés. Il parle de mariage sans y croire vraiment, mais Thérèse ne sort pas de sa vie. Leurs chemins se croisent plusieurs fois, elle est devenue une grande chanteuse, ils partagent chaque fois une même familiarité et une complicité profonde. Ils savent l'un et l'autre que l'amour est un théâtre où l'on oublie parfois qu'on est sur scène et où l'on croit à ses promesses.

Un autre grand amour commence un soir, dans un brouhaha d'auberge à Césène, entre Bologne et Rimini. L'étranger n'est plus espagnol, mais hongrois. Cet officier est dérangé, avec son ordonnance, sans doute une jeune femme habillée en militaire, par les sbires locaux qui exigent de connaître leur identité. Casanova se fait fort de régler l'affaire, va trouver l'évêque dans son lit, promet l'intervention du général de la place et vient rendre compte de ses démarches aux étrangers. Sous une couverture, il aperçoit « une tête échevelée riante, fraîche, et séduisante qui ne me laisse pas douter de son sexe, malgré que sa coiffure fût d'homme ». L'officier ne parle que le hongrois et le latin, sa compagne est française et charmante. « La beauté de cette fille me mit sur-le-champ dans l'esclavage. Son amoureux montrait l'âge de soixante ans ; je trouvais cette union très mal assortie ; et je me figurais de pouvoir faire tout à l'amiable. » Il se charge de trouver une voiture et d'accompagner ce couple étrange jusqu'à Parme. Il met quelque véhémence dans sa proposition à l'officier de le remplacer comme protecteur de la jeune femme, puis dans l'offre parallèle qu'il fait à cette dernière. Comme dans un rêve, l'officier se montre conciliant et la jeune femme désarmante d'ironie et de désinvolture. C'est une grande dame qui a des libertés d'aventurière. La litote devient paroxysme : « Elle me dit qu'elle était sûre que je l'aimais, et qu'elle ferait tout ce qui dépendrait d'elle, pour me maintenir constant. Quand elle m'aurait dit qu'elle m'aimait autant que je l'aimais elle ne m'aurait pas dit davantage. »

Les journées vécues à Parme à l'automne 1749 appartiennent aux grands moments de l'existence du Vénitien. Parme est alors une principauté francophone et cosmopolite. On y entend parler toutes les langues européennes. Comme s'il était demeuré à Rome, Casanova accède à un plus grand théâtre. Il comprend vite que celle qu'il nomme Henriette par discrétion est bien née et n'a rompu avec sa famille que le temps d'une crise, il profite de ce moment d'exception et d'exemption. Le bonheur amoureux se nourrit d'une plénitude sensuelle et intellectuelle, matérielle et affective. La conversation relaie l'étreinte, les mots prolongent les gestes. « N'ayant aucune prétention à l'esprit, elle ne disait jamais rien d'important que l'accompagnant d'un rire qui, lui donnant le vernis de la frivolité, le rendait à portée de toute la compagnie. Elle donnait par là de l'esprit à ceux qui ne savaient pas d'en avoir, qui en revanche l'aimaient

35

à l'adoration. Une belle à la fin, qui n'a pas l'esprit dégagé, n'offre aucune ressource à l'amant après la jouissance matérielle de ses charmes. » Henriette incarne un esprit français qui s'est affirmé dans les salons et dans la philosophie : des *Entretiens sur la pluralité des mondes* de Fontenelle à *Entretien d'un philosophe avec la Maréchale de **** de Diderot, les idées ne sont jamais coupées des réalités matérielles. L'amant convoque marchande de tissus, couturière et cordonnier. Il choisit les étoffes et les couleurs les plus séduisantes. Le faux officier, la garçonne, se métamorphose

34. Jean-Marc Nattier (1685-1766), *Portrait de Madame Henriette de France jouant de la basse de viole*, huile sur toile.

35. Pietro Falca, dit Pietro Longhi (1702-1785), *Le Couturier*, huile sur toile.

en grande dame intimidante. L'émotion la plus intense est atteinte lorsque Henriette prend place dans un orchestre, s'installe au violoncelle et se met à jouer comme aucun professionnel ne l'avait fait. Casanova se retire pour pleurer dans le jardin. Il sait que l'intensité exclut la durée. Henriette qu'il accompagne jusqu'à Genève disparaît au bout de quelques jours, elle lui fait parvenir une lettre réduite à un seul mot : *Adieu*, auquel fait écho une inscription qu'il découvre gravée à la pointe d'un diamant sur une vitre de l'hôtellerie : *Tu oublieras aussi Henriette*. L'inscription la plus fragile se confond avec la marque inaltérable du diamant, la passion avec la passade, l'éternité se vit dans l'instant.

Henriette n'est pourtant pas sortie de sa vie. Une douzaine d'années après la rencontre de Césène, il traverse la Provence en voiture. Un accident l'oblige à passer une nuit dans un château, non loin d'Aix-en-Provence. Il y rencontre une compagnie distinguée au milieu de laquelle se tient une femme voilée. Après avoir repris la route, il reçoit un bref message signé « Henriette ». Il ne l'a pas oubliée, mais ne l'a pas reconnue. Six ans encore plus tard, il est de nouveau en Provence, veut réparer son erreur et ne trouve pas dans son château celle à laquelle il voue un culte. Ces deux visites ne sont-elles qu'une invention romanesque, un approfondissement fictionnel pour exprimer la présence à travers la mémoire? Ou bien les détails fournis par le mémorialiste sont-ils limités au minimum par discrétion pour ne pas compromettre une femme qui a un nom dans l'aristocratie provençale? Les érudits ont cru à cette seconde hypothèse, ils ont exhumé des archives plusieurs noms de nobles Provençales qui pourraient correspondre à la

36. Alexandre Roslin (1718-1793), *La Dame au voile*, 1768, huile sur toile.

silhouette du beau travesti de Césène qui n'a pas voulu se montrer vieilli.

Femme de théâtre, Thérèse semble un double féminin de Casanova, Henriette est une grande dame avec laquelle il n'est jamais tout à fait de plain-pied, mais leur apparition dans *Histoire de ma vie* suit un même schéma. La beauté et l'amour s'imposent au milieu du désordre du monde, dans les éclats de voix et le risque de violence. Ils se conquièrent par l'initiative. Ils sont

37. Jean-Marc Nattier (1685-1766), *Thalie, Muse de la Comédie*, 1739, huile sur toile.

pressentis avant de se révéler totalement. Thérèse est d'abord une voix bouleversante et une féminité suggérée dans un corps masculin. Henriette est un visage qui sort de dessous une couverture, une silhouette qui émerge d'un costume militaire. Les bouffées de passion sont des parenthèses dans le bruit et la brutalité ambiants. Casanova jouit pleinement de moments qui sont arrachés au temps qui passe. Il a le sentiment d'un engagement, mais l'impression de durée n'est que l'expression de la profondeur. Vocale ou instrumentale, la musique traduit la plénitude. Elle impose une beauté bouleversante au-delà de la différence entre hommes et femmes, corps et âme, nobles et roturiers.

Le couvent de Murano

Une autre grande aventure amoureuse se déroule à Venise entre le printemps 1753 et l'hiver suivant. Casanova y a trouvé un protecteur qu'il a conquis par de prétendus dons de médecin et de mage. Il se fait entretenir par le sénateur Matteo Bragadin qui appartient à la famille d'un des héros de la République, Marcantonio Bragadin, défenseur de Famagouste à Chypre en 1571 lors du siège par les Turcs. Il bénéficie de toutes les facilités d'un fils de famille : gîte et couvert dans le palais, à quelques canaux du Rialto, gondole et mensualité. Il se conduit en enfant gâté. Comme dans les romans du temps, l'histoire commence par un accident de voiture. « Si j'étais parti de Padoue dix secondes avant, ou après, tout ce qui m'est arrivé dans ma vie aurait été différent : ma destinée, s'il est vrai qu'elle dépende des combinai-

sons, aurait été une autre. » Sur la route le long de la Brenta, qui mène d'une retraite calme à la folie du carnaval, un cabriolet verse. Témoin de l'accident, Casanova sort de sa voiture pour empêcher la passagère de tomber dans le fleuve. La situation est grivoise : il la secourt avant l'amant et ne peut s'empêcher d'admirer les appas secrets de la jeune femme, à une époque qui ne pratique pas les sous-vêtements. Il les retrouve tous les deux dans la mêlée du carnaval : elle n'est pas farouche ni lui jaloux. Casanova serait prêt à en profiter si l'amant

38. Francesco Guardi (1712-1793), *Le Ridotto*, 1755, huile sur toile.

ne semblait surtout désireux de l'entraîner dans des combines financières douteuses. À défaut de sa maîtresse, il fait entrer en scène sa jeune sœur. Casanova cède et signe quelques lettres de crédit. La sœur est « un prodige » : blanche comme l'albâtre avec des cheveux noirs, des yeux non moins noirs. La maîtresse impudique sert de faire-valoir à la pudeur de la jeune C. C. Casanova offre des soirées à l'opéra, des repas, des cadeaux. Il passe par tous les préliminaires et les intermédiaires qui donnent sa valeur à la séduction d'une vierge. « C. C. devint ma

Double page suivante :
39. Francesco Guardi (1712-1793), *Le Parloir des religieuses à San Zaccaria*, huile sur toile.

femme en héroïne, comme toute fille amoureuse doit le devenir, car le plaisir, et l'accomplissement du désir rendent délicieuse jusqu'à la douleur. »

Casanova serait prêt à transformer cette union en un mariage officiel. Il fait demander par Bragadin la main de la jeune femme à son père, mais celui-ci refuse un fiancé qui est sans situation et préfère enfermer sa fille dans un couvent non pas à Venise même mais dans l'île voisine de Murano. Les amants s'écrivent, C. C. ne cache rien de ses hémorragies, d'une fausse couche, ni des plaisirs auxquels l'initie une religieuse. Elle apprend le

français avec elle. Pour l'apercevoir, Casanova prend l'habitude de fréquenter les offices du couvent. Tandis que les affaires avec le frère et sa maîtresse sombrent dans le sordide, l'histoire pourrait s'arrêter là si elle n'était relancée par la lettre anonyme d'une religieuse qui a vu Casanova à la messe et désire faire sa connaissance. Une femme du monde est désignée comme intermédiaire pour le conduire jusqu'à elle. Il la découvre à la grille du couvent : « C'était une beauté accomplie, de la grande taille, blanche pliant au pâle, l'air noble décidé, et en même temps réservé, et timide, des grands

40

yeux bleus. » Casanova se sent infidèle en intention à C. C., mais la conviction que celle qu'il nomme M. M. est la maîtresse de la jeune pensionnaire réunit les trois personnages en un trio érotique qui devient quatuor, car M. M. a elle aussi un protecteur. Le Vénitien, tout habitué qu'il est aux mœurs de la cité, s'avoue « très surpris de la grande liberté » de ces saintes vierges, mais ne refuse pas les rendez-vous proposés au couvent, puis dans des *casins* extérieurs. Les amants de la bonne société parisienne se faisaient aménager de discrètes « petites maisons » loin des regards, les amants vénitiens abritaient leurs plaisirs dans une garçonnière, ou casin, où l'on reconnaît le mot « casino ». Cette fois encore, des préludes et des étapes sont nécessaires pour faire attendre les étreintes et leur donner toute leur résonance. Des lettres s'échangent entre M. M. et Casanova ; elles constituent un véritable roman épistolaire dont nous ne savons jusqu'où il est authentique et où commence l'invention littéraire. Ces *Lettres d'une religieuse vénitienne* sont comme l'inverse des tragiques *Lettres portugaises* de Guilleragues qui depuis 1669 passaient pour les lettres véritables d'une religieuse portugaise. L'ascétisme se change en sensualité.

40. Jean-François Janinet, d'après Niklas Lafrensen, dit Lavreince (1737-1807), *La Comparaison*, 1786, gravure en couleur.

41. *Suzon et Saturnin*, illustration pour *Histoire de Don B***, portier des chartreux, écrite par lui-même*, Jean-Baptiste Gervaise de Latouche, Paris, 1741.

42. Frontispice de *Vénus dans le cloître ou La Religieuse en chemise*, abbé du Prat, 1683.

43. Frontispice de *L'Académie des Dames*, Nicolas Chorier, Venise, après 1770.

Les vêtements religieux remplacent les uniformes, mais un travesti ajoute ponctuellement son piment : « mon ange était habillée en homme ». Le raffinement du décor et la gastronomie se substituent aux émotions musicales comme marque particulière de cette relation. « Ce casin était composé de cinq pièces, dont l'ameublement était d'un goût exquis. Il n'y avait rien qui ne fût fait en grâce de l'amour, de la bonne chère, et de toute espèce de volupté. » Casanova accède à un monde strictement réservé aux privilégiés et tout entier consacré au plaisir : « On servait à manger par une fenêtre aveugle enclavée dans la paroi, occupée par un porte-manger tournant qui la bouchait entièrement : les maîtres, et les domestiques ne pouvaient pas s'entrevoir. » Mieux que la rampe qui établit une séparation entre la scène et la salle au milieu du XVIIIe siècle, ce guichet tournant isole le casin de tout regard extérieur, de toute inquisition religieuse ou morale. Une profusion de miroirs élargit l'espace, démultiplie les corps, exalte les ressources physiques et morales. Elle diversifie les points de vue et récuse toute norme univoque. Les bougies sur les lustres et les flambeaux prolongent les gestes et font trembler les ombres. Les scènes amoureuses sur des carreaux de porcelaine de Chine appellent à l'imitation. Dans un

41

42

43

autre casin, une petite bibliothèque suggestive rassemble des écrits philosophiques et des romans pornographiques illustrés. Casanova cite *Le Portier des chartreux* dont le décor est religieux et *L'Académie des dames*, l'un et l'autre réédités dans toute l'Europe. La salle à manger est suivie par une pièce octogone, cabinet de glaces avec un lit en alcôve, un cabinet de toilette et des « lieux à l'anglaise » que le XIXe siècle nommera en effet d'un terme anglais, *water-closet*. Au milieu d'une lagune tout aquatique, un circuit privé consacre l'eau à la propreté des corps. Loin des noces mystiques du doge et de la mer, une eau douce est à la disposition matérielle de la peau et des muqueuses. Le bas du corps mérite les mêmes égards que le haut. Une flore de bois ciselé, de métaux précieux et de porcelaine consacre la nature au service des amants.

Pour assurer la perfection de la scène, Casanova la fait répéter au cuisinier. Il choisit le menu et se fait servir la veille, seul. « J'ai fait des commentaires à tout; mais j'ai trouvé tout excellent en porcelaine de Saxe. Gibier, esturgeon, truffes [Casanova écrit *troufles*], huîtres, et vins parfaits. Je lui ai seulement reproché

qu'il avait oublié de mettre sur une assiette des œufs durs, des anchois, et des vinaigres composés pour faire la salade. » Il ajoute des oranges amères pour donner du goût au punch et s'assure de la qualité du rhum, qui ne doit pas être remplacé par de l'eau-de-vie. Le monde entier est mis à contribution : de la porcelaine de Chine à celle de Saxe, du rhum des Antilles aux vins de Champagne et de Bourgogne, des huîtres locales aux esturgeons lointains. Et toute la gamme des saveurs sollicitée : du doux à l'amer, du gibier aux fruits de mer, du frais au faisandé et au mariné. La gastronomie est prélude à l'amour et restaure les corps fatigués. La jeune femme mange comme deux et l'amant comme quatre. Le geste nutritif lui-même devient complicité érotique. « Après avoir fait du punch nous nous amusâmes à manger des huîtres les troquant lorsque nous les avions déjà dans la bouche : elle me présentait sur sa langue la sienne en même temps que je lui embouchais la mienne: il n'y a point de jeu plus lascif, plus voluptueux entre deux amoureux. »

45

Le vêtement participe au rituel. Les corps sont habillés et déshabillés. Ce qui est suggestif, c'est le passage d'un état à l'autre, le corps qui se dévoile, mais aussi le vêtement qui vient le souligner plutôt que le

44. Jean-Marc Nattier (1685-1766), *Les Amoureux*, 1744, huile sur toile.

45. Isidore Stanislas Helman (1743-1809), d'après Jean-Michel Moreau le Jeune (1741-1814), *Le Souper fin*, 1781, estampe.

46

47

cacher. Les costumes se diversifient : M. M. apparaît en religieuse, en mondaine masquée, en homme, en tenue de nuit. Son amant l'aide à ôter un vêtement, à en mettre un autre, il lui sert de femme de chambre. Elle est parfois fardée, parfois démaquillée. Elle porte certaines fois des bijoux et apparaît d'autres fois en négligé ou au naturel. Les Vénitiens, habitués aux extravagances du carnaval, aiment à se déguiser et à jouer leur petit théâtre intime. Un mouchoir de coton indien transforme l'amant en cruel despote oriental qui use et abuse de son esclave. Les miroirs accélèrent le vertige des identités. Ils mettent les êtres en mouvement : « Elle était surprise du prestige qui lui faisait voir partout, et en même temps, malgré qu'elle se tînt immobile, sa personne en cent différents points de vue. Ses portraits multipliés que les miroirs lui offraient à la clarté de toutes les bougies placées exprès lui présentaient un spectacle nouveau qui la rendait amoureuse d'elle-même. » Dans le contact physique ou dans la distance du regard, l'individu échappe à ses limites. Le corps admiré, étreint, devient l'ensemble des corps aimés ou désirés au cours des années. Il s'enrichit de souvenirs et peut-être de rêves. « Un quart d'heure après, elle parut devant moi coiffée en homme avec ses beaux cheveux dépoudrés [...]. Un ruban noir les nouait derrière, et en queue flottante ils lui descendaient jusqu'aux jarrets. M. M. en femme ressemblait à Henriette, et en homme à un officier des gardes nommé L'Étorière que j'avais connu à Paris ; ou plutôt à cet Antinoüs, dont on voit encore des statues, si l'habillement à la française m'avait permis l'illusion. » Les silhouettes se multiplient entre le présent et le passé, les temps modernes et l'Antiquité, le masculin et le féminin. C'est

46. Miroir vénitien, XVIIIe siècle.

47. École française, *La Courtisane amoureuse*, vers 1750, huile sur toile.

ce tremblement des corps et des sentiments qui fait échapper *Histoire de ma vie* à la littérature obscène et Casanova au registre grivois. Toute la différence se trouve entre une description de coït et la suggestion des émotions : «Elle ne m'apprit rien de nouveau pour le matériel de l'exploit; mais des nouveautés infinies en soupirs, en extases, en transports, en sentiments de nature qui ne se développent que dans ces moments-là. Chaque découverte que je faisais m'élevait l'âme à l'amour, qui me fournissait des nouvelles forces pour lui témoigner ma reconnaissance.»

Les rencontres de la religieuse et de Casanova pourraient être celles, classiques, de deux amants engagés ailleurs qui se ménagent le trouble d'une double trahison. Le paradoxe est que les deux partenaires extérieurs sont au courant. Quand Casanova a rendez-vous avec M. M., C. C. suit peut-être leur entrevue d'une pièce voisine. Quand il est convoqué par M. M. au casin, il découvre à sa place C. C. Il ne peut savoir jusqu'où il est manœuvré. Au sortir des bras de M. M., il reçoit une lettre à lire plus tard : elle lui y apprend que leurs ébats ont été observés par l'amant officiel «dans un endroit qui est une véritable cachette, d'où il devait non seulement voir sans être vu tout ce que nous ferions, mais entendre aussi tous nos propos». La situation de ce «cabinet indevinable» est celle qui fonde toute littérature érotique, de même que la fiction épistolaire fait surprendre au lecteur l'intimité des épistoliers. Le voyeurisme libertin ressemble à la curiosité sentimentale. Cet amant de M. M. se révèle l'abbé de Bernis, ambassadeur du roi de France auprès de la République de Venise et futur cardinal. Fiers de leur jeunesse, de

48. Charles Joseph Natoire (1700-1777), *Louise-Anne de Bourbon, mademoiselle de Charolais, en costume de moine fantaisie tenant le cordon de saint François,* huile sur toile.

leur beauté, de leur fougue, les amants s'exhibent devant lui, ils se mettent en scène à l'aide d'un grand miroir droit qui permet à Bernis de ne perdre aucun côté du spectacle. Ils sont prêts à préparer leurs étreintes grâce aux albums qui recensent les postures amoureuses. Ils deviennent les acteurs de ce qu'on aurait envie de nommer un *peep show* si le luxe des lieux et la subtilité des relations n'étaient à l'opposé du simple commerce. Bernis dispose d'une supériorité sociale et Casanova ne paie pas seulement de sa personne, il doit aussi céder C. C. à l'ambassadeur. Les configurations des rencontres varient selon les participants, elles donnent le sentiment d'une nouveauté permanente. Une telle dépense physique et morale dans la nécessité du secret et dans les déplacements en barque, malgré le gros temps parfois, ne pouvait sans doute pas durer. Bernis est rappelé à Paris, M. M. tombe malade, Casanova se console dans des amours ancillaires.

49. Jean-Baptiste Greuze (1725-1805), *Portrait du cardinal de Bernis*, huile sur toile.

50

50. *Julie avec un athlète*, planche 5 de *L'Arétin d'Augustin Carrache*, La Nouvelle Cythère, Paris, 1798, gravure.

es Plombs

Malgré toutes les précautions, les allées et venues du quatuor ne sont pas restées totalement clandestines. Les libertés du carnaval s'accompagnent d'un strict contrôle social assuré par une inquisition d'État, sans lien avec l'Inquisition pontificale. Protégé par Bragadin, Casanova se pense hors d'atteinte. Il est d'autant plus surveillé par un *confidente*, ou indicateur, qu'il accumule les domaines de transgression : relations avec un ambassadeur étranger, libertinage sexuel, déclarations impies, pratiques alchimiques et magiques, tricherie au jeu, polémiques littéraires. Une première fois déjà, au printemps 1750, Bragadin lui a conseillé de s'éloigner pour éviter une arrestation. Casanova est parti pour Paris. Quand il revient à Venise et se lance dans des relations complexes à quatre, il est espionné par un *confidente* qui n'est pour le public qu'un honorable joaillier, Giovanni Battista Manuzzi. Les archives de la cité conservent ses rapports. Le 17 juillet 1755, Manuzzi avertit : Casanova ensorcelle ceux auxquels il veut soutirer de l'argent, il menace la fortune de familles honorables, « il entraîne les gens dans un total libertinage et vers toutes sortes de plaisirs », il professe « les maximes de Picure » [sic]. L'espion n'est pas un lecteur d'Épicure, ni un fin lettré, mais il sait juger de l'impiété. « Casanova considère comme très faibles d'esprit ceux qui croient en Jésus-Christ. » Il conclut : « On voit vraiment réunies de telle manière en lui la mécréance, l'imposture, la lascivité et la volupté que cela fait horreur. » Les inquisiteurs annotent le rapport : ils veulent voir le poème en

langue vénitienne où le suspect dévoile son impiété. Le 21 juillet, Manuzzi n'est pas parvenu à se faire prêter le manuscrit litigieux, mais avertit qu'on y trouve mêlées des considérations théologiques et « la façon de pratiquer le coït par les voies normales et non normales ». Le suspect possède le matériel du cérémonial maçonnique et ferait du prosélytisme. Le 24 juillet, Manuzzi n'a toujours pas pu se procurer le manuscrit, mais il fournit un nouveau détail de son contenu : on y démontre la nécessité « de coucher avec des femmes, car c'est de l'adultère de David que naquit Salomon, de celui-ci les autres et, finalement, Jésus-Christ ». Le 26 juillet, Casanova est

51. Vue de Venise et de la lagune prise des Plombs, palais des Doges, photographie.

52

52. Venise, pont des Soupirs, fin du XIXe siècle, photographie.

arrêté par Messer Grande, le chef de la police, et incarcéré « sous les plombs », c'est-à-dire les cellules installées au dernier étage du palais des Doges sous le toit fait de plaques de plomb : fournaise en été, glacière en hiver. Les inquisiteurs instruisent l'affaire durant l'été et le 12 septembre condamnent le prévenu à cinq ans d'enfermement sans lui communiquer la durée de sa peine.

Nous connaissons le détail de sa captivité par le récit qu'il en a publié en 1788 sous le titre *Histoire de ma fuite des prisons de la République de Venise, qu'on appelle les Plombs* et qu'il a repris dans *Histoire de ma vie*. Il en est de son évasion comme de ses séductions. On a longtemps cru à la vantardise et à la fiction avant de pouvoir recouper le récit avec les documents extérieurs. Avant d'être des témoignages, la détention et la

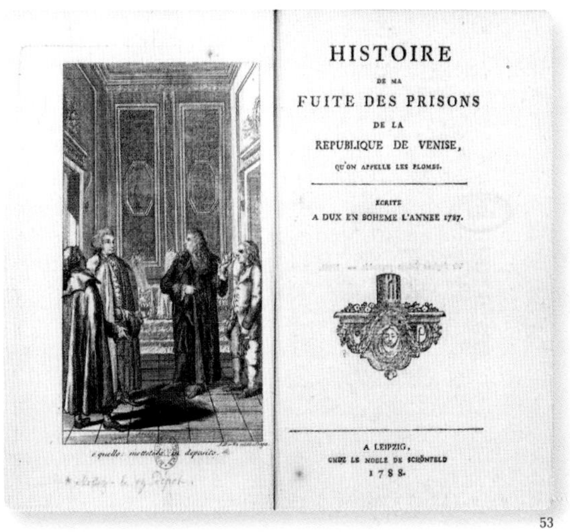

HISTOIRE
DE MA
FUITE DES PRISONS
DE LA
REPUBLIQUE DE VENISE,
QU'ON APPELLE LES PLOMBS.

ECRITE
A DUX EN BOHEME L'ANNEE 1787.

A LEIPZIG,
CHEZ LE NOBLE DE SCHÖNFELD
1788.

53

53. Giacomo Casanova, *Histoire de ma fuite des prisons de la République de Venise, qu'on appelle les Plombs*, Leipzig, 1788, frontispice et page de titre.

fuite sont des emblèmes du personnage : elles caractérisent la lutte et le triomphe de l'individu, capable d'affirmer sa liberté. L'arrivée aux Plombs et la description des lieux sont d'autant plus sombres. Une enfilade de couloirs mène le prisonnier à « un grand vilain, et sale galetas » qui est éclairé. Ce n'est pas encore son cachot. « Une grosse porte doublée de fer » l'y fait pénétrer : c'est un joug, le prisonnier ne peut se tenir debout, une poutre intercepte la lumière qui passe par la lucarne. Des puces et des rats « gros comme des lapins » pullulent. Les cloches du campanile de Saint-Marc interrompent tout sommeil. La solitude est totale : le geôlier passe une fois par jour. Pour compléter le décor, un garrot est visible dans un coin du premier galetas, qui sert à exécuter ceux que Leurs Excellences condamnent.

Privé de liberté, Casanova ne pense que vengeance. Il se voit à la tête du peuple « pour exterminer le gouvernement, et pour massacrer les aristocrates ». Lui qui condamnera les violences de la Révolution française, quelques décennies plus tard, rêve émeute et carnage. Le sens des réalités lui fait pourtant apporter de chez lui, selon l'usage, lit, table, fauteuil, chemise, bas, robe de chambre, pantoufles, bonnets, mais les livres, l'encre, le papier, tout miroir restent interdits. Les inquisiteurs n'autorisent au prisonnier, accusé d'athéisme, que deux livres pieux. Le corps accuse le choc. L'arrestation s'est traduite par un besoin ininterrompu d'uriner. La solitude, la chaleur sous les plombs, le désespoir de celui qui craint soudain d'être emprisonné à vie provoquent des crises de transpiration. L'immobilité, le changement de régime entraînent constipation et hémorroïdes, puis montée de fièvre. Un médecin prescrit potions et clys-

tères, il lui obtient l'autorisation de marcher une fois par jour dans le galetas voisin. Le jouisseur privé de tout plaisir pense au suicide. Les références antiques abondent. Il cite Horace : « *Deliberata morte ferocior* [Devenu plus résolu par la décision de mourir] ». Il s'évadera d'une façon ou d'une autre : « Ce fut au commencement de novembre que j'ai formé le projet de sortir par force d'un lieu où on me tenait par force : cette pensée devint mon unique. » Rédigeant ses mémoires bien des années plus tard, il prétend avoir ressenti dans sa prison une secousse, lointaine réplique du tremblement de terre de Lisbonne, le 1er novembre 1755. L'anéantissement de la ville suscite une crise de la conscience européenne. Il met en cause l'idée de Providence, de Nature bienfaisante. De Voltaire à Kant, les philosophes à travers l'Europe tentent d'exorciser le risque de l'absurde. Le libertin vit au contraire la violence sismique comme une promesse de liberté et une négation des interdits sociaux. Il assimile son énergie vitale à la puissance chthonienne, comme les personnages des romans de Sade. « J'ai toujours cru que lorsqu'un homme se met dans la tête de venir à bout d'un projet quelconque, et qu'il ne s'occupe que de cela, il doit y parvenir, malgré toutes les difficultés. »

Il écarte la possibilité de corrompre son geôlier ou de l'assassiner, il exploite les ressources de la pièce où il peut se promener une demi-heure par jour. Il y découvre

54. Vue intérieure de la prison des Plombs, palais des Doges, Venise, photographie.

55

56

une espèce de verrou et un morceau de marbre noir. Celui-ci permet de transformer le verrou, objet de clôture, en pic et en arme, objets de libération. Le travail prend quinze jours, sans ménager sa salive, sans s'arrêter aux ampoules et aux plaies sur la main. Le « verrou » est dissimulé dans la paille du fauteuil et Casanova peut passer à la phase suivante de son plan : creuser le plancher sous le lit. Plusieurs semaines sont nécessaires pour traverser trois planchers jusqu'à un pavé de marbre qui résiste au « verrou ». Mais le lecteur de Tite-Live se souvient qu'Hannibal aurait fait sauter un rocher des Alpes avec du vinaigre. Il attaque le marbre de même. Tout est prêt pour la « belle » lorsque le gardien apporte une bonne et catastrophique nouvelle : Casanova est transféré dans une cellule plus large et mieux aérée. Il a beau supplier qu'on le laisse dans son vieux cachot, il est déplacé et le trou découvert. Il n'a que le temps de cacher le « verrou ». Le défi est alors

55-56-57. Giorgio De Chirico (1888-1978), illustrations pour *Storia della mia fuga dai Piombi di Venezia,* Giacomo Casanova, Armando Curcio Editore, 1967.

57

triple pour lui : empêcher le geôlier de parler, neutraliser Soradaci, un compagnon de cellule qui est un mouchard, et trouver un nouvel itinéraire de fuite.

Le chantage réussit avec le premier qui craint de se voir accusé de complicité, la superstition du second donne barre sur lui à Casanova qui se vante de ses pouvoirs magiques. Un espoir d'évasion se dessine enfin en passant par une cellule voisine dont il faut circonvenir le détenu, le père Balbi, le convaincre de creuser à son tour un tunnel et lui fournir des indications précises. Les communications se font en latin dans la reliure de livres échangés par les prisonniers à la barbe et par l'intermédiaire du gardien. La veille de la Toussaint, alors que la cité des Doges est tout occupée de fêtes religieuses, Casanova tétanise son compagnon de cellule de terreurs superstitieuses. Il faut passer d'une cellule à l'autre, puis sur le toit. Le plan se déroule comme prévu, à un obstacle près qui n'était pas attendu : le clair de

58. *Casanova s'échappe de la prison des Plombs*, illustration d'Auguste Leroux (1871-1954) pour *Histoire de ma vie*, Giacomo Casanova, Éditions Javal et Bourdeaux, 1931-1932.

lune interdit de se dresser sur le toit, les ombres se projetteraient sur la place. Les fugitifs doivent attendre une nuit noire. Il s'agissait jusqu'alors de ruse, le dernier épisode nécessite la force physique. Dans le danger, l'abbé devient peureux. C'est à Casanova de tâtonner, de glisser sur les plaques de plomb, de risquer de s'écraser sur le quai. Il découvre enfin une lucarne qui fournit une issue possible. Il descend son compagnon à la force du poignet, endure une crampe qui risque de lui faire perdre tous ses moyens. Trois heures d'assoupissement lui rendent la force de descendre dans le bâtiment de la chancellerie ducale, de faire sauter deux, trois portes, de se déguiser en fêtard noctambule. Aperçu par une fenêtre et délivré par un concierge qui imagine avoir enfermé quelqu'un la veille au soir, il sort d'un pied ferme aux côtés d'un Balbi mort de peur.

Une gondole les mène à Mestre et une voiture à Trévise. Là, reconnu par un passant, Casanova quitte son compagnon et gagne à pied à travers la campagne la frontière des États de Venise. Dès qu'il se trouve sur les terres du prince-évêque de Trente qui relève de l'Empire autrichien, il est sauvé. On est le 1er novembre 1756, un an après sa décision de fuir. Mais le chemin du retour dans sa patrie lui est fermé pour longtemps. L'exil va durer dix-huit ans. En revanche, il possède désormais une carte de visite qui lui ouvre bien des portes, celle d'évadé des Plombs. Il se présente comme le premier et le dernier prisonnier à avoir réussi cette fuite. Il peaufine un récit écrit et oral de son exploit, on invite le fugitif pour entendre son morceau de bravoure. Il fournit à Bernis sa version des faits, il l'autorise à en tirer des copies « et d'en faire l'usage qu'il trouverait

Double page suivante :
59 et 60. Giacomo Casanova, *Histoire de ma vie*, 1789-1798, tome III, chapitre XIV, folio 342 recto et folio 362 recto, manuscrit.

Chapitre XIV

Changement de Cachot

Pour preparer mon Lecteur à bien comprendre ma fuite d'un endroit pareil, il faut que je lui designe le local. Ces pri:sons faites pour y tenir les coupables d'état sont positivement dans ce qu'on appelle le grenier du palais ducal. Son toit n'é=tant couvert ni d'ardoise, ni de brique; mais de plaques de plomb de trois pieds carrés, et epaisses d'une ligne, donne le nom de plombs aux memes prisons. On ne peut y entrer que par les portes du palais, ou par le batiment des pri=sons, par où on m'a fait entrer en passant le pont qu'on nomme des soupirs, dont j'ai deja parlé. On ne peut monter à ces prisons qu'en passant par la salle où les inquisiteurs d'é tat s'assemblent. Leur secretaire en a seul la clef, que le concierge des plombs doit lui remettre, d'abord que du grand matin il a fait son service aux prisonniers. On le fait à la pointe du jour, parceque plus tard les archers allant, et venant se voient trop vus dans un endroit qui est rempli de tous ceux qui ont à faire aux chefs du conseil de dix, qui siegent tous les jours dans la sale contigue appellée la *bussola* par où les archers doi:vent necessairement passer.

Ces prison se trouvent divisées sous l'eminence des deux fa=ces opposées du palais: trois sont au couchant dont la mienne etoit une, et quatre sont au levant. La gouttiere au bord du toit de celles qui sont au couchant donne dans la cour du pa=lais: celle au levant est perpendiculairement sur le canal dit *rio di palazzo*. De ce coté les cachots sont tres clairs, et on peut s'y tenir de bout, qualité qui manquoient à la prison où j'étois qu'on appelloit *il trave*.+ Le plancher de mon cachot etoit posit=ivement au dessus du plafond de la sale des inquisiteurs, où or=dinairement ils ne s'assemblent que la nuit après la séance jour=

+ ce mot signifie poutre. C'étoit l'enorme poutre dont l'ombre pri:voit de lumiere le cachot.

Chapitre XV

Ma sortie de la prison par le toit du palais ducal

Une minute après, deux sbirres me porterent mon lit, et s'en allerent pour revenir d'abord avec toutes mes hardes, mais deux heures s'ecoulerent sans que je revisse personne, malgré que les portes de mon cachot fussent ouvertes. Ce retard me causoit une foule de pensées; mais je ne pouvois rien deviner. Devant tout craindre, je tachois de me mettre dans un état de tranquil=lité fait pour resister à tout ce qui pouvoit m'arriver de desagréable.

Outre les *plombs*, et les *quatre*, les inquisiteurs d'état possedent aussi dixneuf autres prisons affreuses sous terre dans le même palais ducal, où ils condamnent des criminels qui ont merité la mort. Tous les juges souverains de la terre ont toujours cru qu'en laissant la vie à celui qui a merité la mort on lui fait grace quelque soit l'hor=reur de la peine qu'on lui substitue. Il me semble que ce ne puisse être une grace que paroissant telle au coupable; mais ils la lui font sans le consulter. Elle devient injustice.

Ces dixneufs prisons souterraines ressemblent parfaitement à des tombeaux; mais on les appelle *puits*, parceque ils sont tou=jours inondés par deux pieds d'eau de la mer qui y entre par le même trou grillé par où ils reçoivent un peu de lumière; ces trous n'ont qu'un pied carré d'extension. Le prisonnier est obligé, à moins qu'il n'aime d'être toute la journée dans un bain d'eau salée jusqu'aux genoux, de se tenir assis sur un tre=tau, où il a aussi sa paillasse, et où l'on met au point du jour son eau, sa soupe, et son pain de munition qu'il doit manger d'abord, car, s'il tarde, des rats de mer fort gros iroient le lui arracher des mains. Dans cette horrible prison, où ordinai=rement les detenus sont condamnés pour tout le reste de leurs jours, et avec une pareille nourriture plusieurs vivent jusqu'à leur extreme vieillesse. Un scelerat qui mourut dans ce tems

61

à propos pour intéresser tous ceux qui pourraient [lui] être utiles». Choiseul se montre curieux :

«– Dites-moi donc comment vous avez fait pour y réussir.

– Cette histoire, monseigneur, dure deux heures; et Votre Excellence me semble pressée.

– Dites-la en bref.

– C'est dans sa plus grande abréviation qu'elle dure deux heures.

– Vous me direz une autre fois les détails.

– Sans les détails cette histoire n'est pas intéressante.»

La conversation continue où Casanova sait si bien vendre son histoire que le ministre conclut : «Je crois que vous avez raison. Le beau de la chose dépend des détails. Je dois aller à Versailles. Vous me ferez plaisir vous laissant voir quelque fois.» La recommandation de Bernis et la mise en scène de la fuite assurent une célébrité au Vénitien.

62

aris

Une première fois, au printemps 1750, Casanova s'est éloigné de Venise pour gagner Paris. Il a commencé à apprendre le français à Rome et il s'est promis dans la capitale française « une grande quantité de belles connaissances ». Six ans plus tard, à l'hiver 1756-1757, il n'entend pas seulement connaître Paris, il a le projet de s'y établir. Dans l'un et l'autre voyage, d'heureuses rencontres lui semblent promesse de succès. « Ce coup de Fortune me fit prévoir que mon bonheur m'attendait dans la carrière d'aventurier sur laquelle j'allais me

Double page précédente :
61. *Évasion de la prison des Plombs*, illustration pour *Histoire de ma fuite des prisons de la République de Venise, qu'on appelle les Plombs*, Leipzig, 1788, gravure.
62. Louis-Michel Van Loo (1707-1771), *Portrait d'Étienne-François duc de Choiseul-Stainville*, huile sur toile.

mettre dans la seule ville de l'univers où l'aveugle déesse dispensait ses faveurs à ceux qui s'abandonnaient à elle.» La position d'aventurier est liée à la grande ville, au brassage des origines. On désigne alors comme tel l'homme d'affaires «sans caractère et sans domicile» (selon la définition de l'*Encyclopédie*), dont on ne saurait trop se méfier, ou bien celui qui investit dans des affaires lointaines et risquées et dont on peut admirer l'esprit d'entreprise. L'aventurier cherche sa voie entre suspicion sociale et admiration pour ses initiatives. À Venise, Casanova possédait des références et

63. Jean-Baptiste Nicolas Raguenet (1715-1793), *Le Pont Neuf et la Samaritaine à Paris*, huile sur toile.

64

des protections. À Paris, il lui faut surtout compter sur sa bonne mine, son entregent et ses intuitions. L'allégorie féminine de la Fortune lui permet de confondre ses qualités de libertin et celles de donneur de conseils et de manipulateur d'argent. Sexuelle ou bien sociale, la séduction reste essentiellement la même.

Le voyageur joue de plusieurs réseaux. Le premier est celui des Comédiens-Italiens qui essaiment à travers l'Europe. Chaque cour veut avoir sa troupe. Celle de Paris est installée depuis la fin du XVIe siècle. Elle a acquis un statut officiel et une salle

65

66

fixe; elle joue en italien et en français, des comédies et des opéras-comiques. Casanova fait le premier voyage avec Antonio, le fils de Mario et de Silvia Balletti. Il est reçu à leur arrivée à Paris dans cette famille de comédiens célèbres, liés aux gens de lettres. Silvia est une actrice de renom pour laquelle Marivaux a écrit nombre de ses pièces. Elle a été applaudie dans ses rôles d'amoureuse. Sa belle-sœur Elena est Flaminia, de son nom de scène. Née Balletti, elle a épousé un Riccoboni et a commis quelques pièces et poésies; sa bru est Mme Riccoboni, la célèbre romancière. Chez Silvia Balletti, Casanova rencontre Crébillon père, le poète tragique, auquel il demande des leçons de français. Fils de comédiens lui-même, Casanova a toujours fréquenté le milieu du

64. D'après Meunier, *Vue de la salle du Théâtre-Français à Paris*, fin XVIIIe siècle, gravure.

65. D'après Jean-François de Troy (1679-1752), *Portrait présumé de Rosa Giovanna Balletti, dite Silvia*, gravure.

66. D'après Pierre Paul Prud'hon (1758-1823), *La Fortune*, gravure.

67

68

67. Francesco Giuseppe Casanova (1727-1803), *Choc de cavalerie*, huile sur toile.

68. Francesco Giuseppe Casanova (1727-1803), *Paysage avec des voyageurs et un berger*, huile sur toile.

théâtre, il aime l'art de la fiction, la mise en scène de soi à travers des costumes, la proximité des corps dont certains ne sont pas farouches et, à Paris, l'espèce d'exemption dont bénéficient les troupes officielles : au-delà des contrôles de la police, elles relèvent directement de la Maison du Roi. Casanova dit son admiration pour Silvia qui garde à plus de cinquante ans un pouvoir de séduction inentamé. Durant son second séjour, il tombe amoureux de sa fille Marie-Madeleine, dite Manon, qui est fiancée à un musicien quand il fait sa connaissance : elle devient sa promise sans se donner à lui. On a pu parler d'elle comme de « l'amour inaccessible » de Casanova. Il n'est pas sûr que la catégorie soit appropriée. Les fiancés s'écrivent des lettres enflammées, mais Casanova ne cesse de reporter le mariage. Manon finit par épouser en 1760 un architecte célèbre, Jacques-François Blondel, qui lui assure une situation plus stable que l'aventurier vénitien.

Le milieu du théâtre n'est pas séparé de celui des peintres : les comédiens ont besoin de décors. Casanova, dès son premier séjour parisien, fait venir son frère Francesco qui ne reste pas mais profite de son passage pour se faire reconnaître comme peintre de batailles. Francesco expose au Salon de 1761 et est reçu à l'Académie royale de peinture. Diderot, qui francise son nom en Casanove, est conquis : « Le feu, la poussière et la fumée éclairent d'un côté et couvrent de l'autre une multitude infinie d'actions qui remplissent un vaste champ de bataille. Quelle couleur ! quelle lumière ! quelle étendue de scène ! » Deux ans plus tard, le critique est moins convaincu et suspecte l'exploitation par « Casanove » des talents de son apprenti Loutherbourg :

« Votre touche n'est plus fière comme elle était ; votre coloris est moins vigoureux ; votre dessin est devenu tout à fait incorrect. Combien vous avez perdu, depuis que le jeune Loutherbourg vous a quitté. » Mais c'est d'un peintre de la génération précédente que Casanova est le plus proche. Jean-Marc Nattier, peintre de cour, fameux pour les représentations des grandes dames en figures allégoriques, a peint Manon Balletti, jeune femme sûre de son charme, une rose entre les seins et une pensée dans les cheveux, au milieu de ses voiles gris et bleu. Une toile de Nattier a d'ailleurs peut-être inspiré à Casanova le nom d'Henriette qu'il donne à la Française inconnue de Césène et de Parme. La jeune femme, on l'a vu, prouve sa maîtrise de la musique en jouant du violoncelle dans une soirée, puis recommençant chaque jour pour son seul amant. « La voix humaine du violoncello supérieure à celle de tout autre instrument, m'allait au cœur, lorsque Henriette en jouait. » On a supposé que cette scène avait été fixée dans la mémoire ou dans la rêverie du mémorialiste par le tableau d'apparat que Nattier avait fait de Madame Henriette, fille de Louis XV, jouant de la basse de viole. La jeune princesse en grande robe de cour, rouge et or, manifeste une aisance aristocratique dans le contrôle de la viole et de l'archet et dans la promotion de l'instrument longtemps limité à un rôle d'accompagnement. La belle Provençale acquiert ainsi une dignité de princesse et l'instrument à cordes devient l'image des ressources érotiques du corps.

Casanova ne se cantonne pourtant pas dans le seul registre sublime. Les corps et la peinture s'inscrivent aussi dans la circulation économique. Une partie qui

69. Jean-Marc Nattier (1685-1766), *Portrait de Manon Balletti*, 1757, huile sur toile.

70

pourrait tourner au sordide réunit le Vénitien, un de ses amis, une actrice et sa toute jeune sœur. Il découvre chez la jeune O'Morphy, qu'il nomme Hélène, « la beauté la plus parfaite ». Il négocie de passer une nuit avec elle, sans pénétration. « Hélène, blanche comme un lys, avait tout ce que la nature et l'art des peintres pouvaient mettre ensemble de plus beau. » Il la fait peindre nue par un artiste allemand : « Elle était couchée sur son ventre, s'appuyant de ses bras, et de sa petite gorge sur un oreiller; et tenant sa belle tête tournée comme si elle avait été sur son dos. L'habile artiste avait dessiné ses jambes, et ses cuisses de façon que l'œil ne pouvait pas

70. François Boucher (1703-1770), *L'Odalisque blonde*, vers 1752, huile sur toile.

désirer de voir davantage. » La position n'est pas sans faire penser à *L'Odalisque blonde* de Boucher, variation sur une antérieure *Odalisque brune*, portrait présumé de l'épouse du peintre. L'artiste allemand s'est-il inspiré de Boucher ou lui a-t-il donné l'idée de son *Odalisque blonde*? De même que Bernis diffuse des copies de la lettre qui raconte l'évasion des Plombs, des copies du portrait circulent à la cour. L'une d'elles arrive jusqu'au roi qui désire voir l'original et, émerveillé de la ressemblance, retient la jeune fille au Parc-aux-Cerfs. Celle-ci reconnaît le roi qui ressemble « à un écu de six francs comme une goutte d'eau à une autre ». Casanova se vante d'avoir fourni une maîtresse au souverain. On peut ne retenir que l'aventure libertine, mais elle est suivie par une anecdote concernant un peintre qui se dit capable de faire le portrait d'une personne qu'il n'a pas vue. Toutes ces pages tournent autour de la question de la beauté physique et du Beau idéal, du réel et de la fiction, du plaisir esthétique et de la jouissance érotique.

71

Bien plus tard, l'aventurier voit en Suisse une fille de onze à douze ans dont la beauté le frappe. « Rien de tout

71. Frontispice du *Parc au Cerf ou L'Origine de l'affreux déficit*, par un zélé patriote, Paris, 1790.

72

72. Jean-Marc Nattier (1685-1766), *Madame Marie-Henriette Berthelot de Pleneuf*, huile sur toile.

73

ce qui existe n'a jamais exercé sur moi un si fort pouvoir qu'une belle figure de femme, même enfant. Le beau, m'a-t-on dit, a cette force. » Mais quel rapport entre un visage rencontré par hasard et la Beauté ? entre un visage et une idée ? Casanova, qui a parlé précédemment de Pétrarque et de la nature morale ou physique de son amour pour Laure, poursuit en convoquant Platon et Raphaël. Il propose une typologie des peintres. Il y aurait ceux qui enlaidissent leur modèle, ceux qui le reproduisent tel quel et ceux qui savent ajouter « un caractère imperceptible de beauté à la figure qu'ils ont tracée sur le tableau ». Tel fut Nattier : « Il faisait le portrait d'une femme laide : elle ressemblait à la perfection à la figure que Nattier lui avait donnée sur la toile, et malgré cela dans le portrait tout le monde la trouvait belle. On examinait le portrait, et on ne pouvait remarquer rien de changé. Tout ce qui était ajouté ou diminué

73. Jean-Marc Nattier (1685-1766), *Anne Marie de Mailly-Nesle, représentée en point du jour*, 1740, huile sur toile

était imperceptible. » Les laides Mesdames de France, Madame Henriette et ses sœurs, deviennent ainsi « belles comme des astres ». De quel ordre est cet imperceptible ? La beauté échappe à la raison : est-elle le reflet d'une Idée supérieure ou bien n'est-elle qu'un effet du désir au hasard des rencontres ? Tandis que son frère Giovanni donne des cours à l'académie de Dresde sur le Beau idéal et les modèles antiques qui aident à y parvenir, Giacomo fait défiler les femmes bien réelles qui l'ont enflammé et l'ont persuadé qu'elles incarnaient la Beauté. Les jeux entre l'idéalisme platonicien et la matérialité du désir amoureux ne sont pas sans évoquer le paradoxe esthétique du *Salon de 1767* où Diderot propose une lecture matérialiste de Platon. L'Idée serait une hypothèse produite par l'expérience, la synthèse inconsciente de toutes les sensations enregistrées par un individu. Le théâtre aide Casanova à penser le désir comme mise en scène tandis que la peinture saisit la fixation du désir dans un moment donnant le sentiment de la durée. Un des premiers à avoir remarqué cette page, Pierre de Nolhac, conservateur à Versailles à la fin du XIXe siècle, refuse de voir en Jean-Marc Nattier autre chose qu'un grand portraitiste sensuel. « Casanova était homme à goûter sans scrupule cette indiscrète confidence des regards et des sourires ; et c'est pourquoi, de tous nos bons peintres du siècle, c'est Nattier seul qu'il a célébré. » Mais en homme du XVIIIe siècle, Giacomo s'interroge sur ce qu'il peut y avoir d'éternel dans un instant, sur ce que l'émotion devant un corps, même à peine formé, peut révéler de la Beauté comme principe dépassant les individus.

Premiere Partie N. a. fr. 13751 

Sallon
de
1767

A mon Ami M. Grimm.

Ne vous attendez pas, mon Ami, que je sois aussi Riche, aussi varié, aussi Sage, aussi fou, aussi fécond que j'ai pu l'être aux Sallons précédens. Tout s'épuise. Les Artistes diversifieront leurs productions à l'infini, mais les Regles de l'art, ses principes et leurs applications resteront Bornés. Peut-être avec de nouvelles connoissances acquises, d'autres secours, le choix d'une forme originale, Réussirois-je à conserver le charme de la variété à une matiere usée ; mais je n'ai rien acquis, j'ai perdu Falconnet, et la forme originale depend d'un moment qui n'est pas venu. — Supposez moi de retour d'un voyage d'Italie et l'imagination pleine des chefs d'œuvre que la peinture ancienne a produits dans cette Contrée. Faites que les Ouvrages des écoles flamande et françoise me soient familiers. Obtenez des personnes opulentes auxquelles vous

74. Denis Diderot, *Sallon* [sic] *de 1767*, manuscrit.

75

Secrets

À côté des comédiens et des artistes, Casanova bénéficie d'un autre réseau, celui de la franc-maçonnerie qui se développe au XVIIIe siècle comme un espace moins strictement hiérarchisé que les diverses sociétés d'Ancien Régime. C'est en 1750 à Lyon, sur le chemin de Paris, qu'il est reçu dans une loge. Il s'en explique dans ses mémoires : « Tout jeune homme qui voyage, qui veut connaître le grand monde, qui ne veut pas se trouver inférieur à un autre, et exclu de la compagnie de ses égaux dans le temps où nous sommes, doit se faire initier dans ce qu'on appelle la maçonnerie, quand ce ne serait pour savoir au moins superficiellement ce que c'est. » Casanova affirme ne pas vouloir être inférieur à ses égaux, il souhaiterait même être reconnu comme l'égal de ses supérieurs. Il rappelle le strict devoir de secret, exigé des membres, et se plaint du laisser-aller qui l'a trop souvent fait transgresser. Du moins le respecte-t-il pour son compte et *Histoire de ma vie* reste discret sur les solidarités dont l'aventurier a bénéficié et sur les voyages qui pourraient s'expliquer par la circulation de messages confidentiels. Le lecteur apprend seulement que le nouvel apprenti est rapidement devenu compagnon à Paris, puis maître, et qu'il a fréquenté des loges à Paris, à Amsterdam ou à Vienne. Mais on a remarqué que plusieurs rencontres capitales s'expliquent par cette fraternité. Le comte Branicki qui, à Varsovie en 1766, accepte de se battre en duel avec un

76

75. Tablier franc-maçon anglais en cuir et en soie, vers 1790.

76 à 80. *Assemblée des francs-maçons pour la réception des maîtres*, gravures au burin, 1774-1775.

76. «Le second surveillant fait le signe du Maître et va chercher le Récipiendaire qui est pour lors en dehors de la loge avec le Frère Terrible.»

77

78

79

80

roturier, le comte de Waldstein qui l'accueille dans son château de Dux et le prince de Ligne qui devient son intime durant ses dernières années étaient maçons eux-mêmes. La plupart des souscripteurs du roman qu'il publiera en 1788, *Icosaméron*, le sont également.

Le goût du secret s'explique par des règles de prudence, compatibles avec la foi dans la raison humaine, ou bien par une fascination pour l'irrationnel qui transforme certaines loges en sectes mystiques. Casanova s'est toujours fait fort de connaissances médicales et de savoirs ésotériques qui lui donneraient un pouvoir supérieur. Il a choisi dans ses mémoires de naître à la bonne

77. «Entrée du Récipiendaire dans la loge.»

78. «On couche le Récipiendaire sur le cercueil dessiné dans la loge.»

79. «Le Récipiendaire est couché sur le cercueil dessiné dans la loge, le visage couvert d'un linge teint de sang. Et tous les assistants ayant tiré l'épée lui présentent la pointe au corps.»

80. «Le Grand Maître relève le Récipiendaire en lui donnant l'attouchement, l'accolade et en lui disant le mot du Maître.»

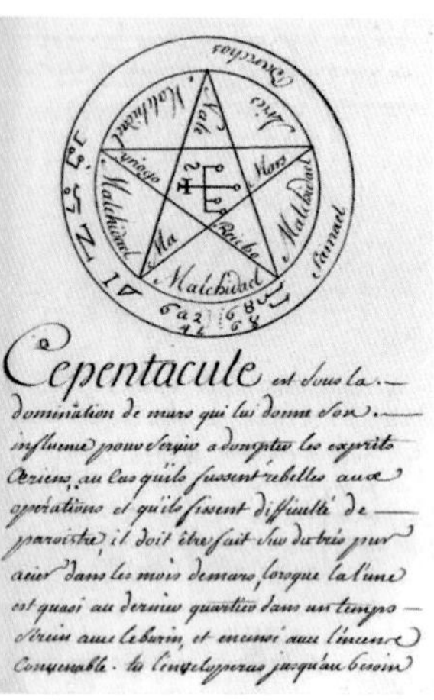
Le pentacule est sous la domination de mars qui lui donne son influence pour servir a dompter les esprits Aeriens, au cas qu'ils fussent rebelles aux operations et qu'ils fissent difficulté de paroistre, il doit être fait sur du très pur acier dans le mois de mars, lorsque la lune est quasi au dernier quartier dans un temps serein avec le burin, et encensé avec l'encens convenable. tu l'envelopperas jusqu'au besoin

81

santé chez une sorcière de Murano dont il rapporte les incantations et le rituel sans jamais juger la nature de leur efficacité. Quand, adolescent à Padoue, il observe les contorsions de la jeune Bettine qui joue la possédée et l'efficacité du moine venu l'exorciser, il constate la crédulité générale et l'intérêt d'être du côté des manipulateurs. Si pendant neuf années il a joui de la protection directe de Matteo Bragadin et s'il a même continué à en recevoir une aide financière après son départ de Venise, c'est qu'il a su s'imposer à ses côtés comme mieux capable de le guérir que les médecins officiels et comme maître d'un calcul numérique, susceptible de révéler l'avenir. Il prétend avoir appris cette kabbale, ou « clavicule de Salomon », d'un vieil ermite lointain. Les nombres permettraient de dialoguer avec un esprit. Bragadin et deux de ses amis deviennent les disciples inconditionnels du jeune charlatan. « De cette façon je suis devenu le hiérophante de ces trois hommes très honnêtes, et aimables au possible ; mais non pas sages puisqu'ils donnaient tous les trois dans ce qu'on appelle les chimères des sciences. » Ces chimères mêlent syncrétiquement kabbale juive et numérologie, alchimie et astrologie. Casanova y joint

Dans vos lettres, Mademoiselle, que
j'ai reçues à leur tems, vous me parlez
du developement de l'enigme qui regarde
votre existence. Je me crois dans l'obli:
gation de vous communiquer moimême des
verités qui pourront vous donner une idée
de moi plus nette que celle que notre
ancienne connoissance vous a fait con=
cevoir.

Je possède depuis long tems le Kab-Eli.
~~C'est un ouvrage~~ numerique par lequel
... je reçois une reponse raisonnée en chiffres
arabes à toute interrogation que j'écris
composée dans les memes chiffres. Vous
savez, je crois, que le Kab-Eli, qui veut
dire secret de Dieu n'est pas la Cab-ala,
qui ne consiste qu'en interpretations tou:
jours plus ~~ou~~ moins obscures. Ce que je

82

81. *Pentacle*, figure in *Livre de la clavicule de Salomon, roy des Hébreux, traduit de langue hébraïque en langue italienne par Abraham Colorno par ordre de S.A.S. de Mantoue et mis nouvellement en français*, manuscrit, XVIIIe siècle.

82. Giacomo Casanova, brouillon d'une lettre adressée à Mlle Frank, Dux, 23 septembre 1793 (extraits), où il affirme posséder le Kab-Eli numérique, manuscrit.

*a choisir fait
différente question*

et ~~m~~ ne te dira jamais tout ~~ce qu'elle sait~~; car
le développement de l'enigme feroit evanouir
~~toutes~~ ses plus cheres esperances. Elle se trompe
elle même sur l'article principal.

~~demande~~ ~~que je vous le fasse~~
Dis moi clairement quel est le principal article

 O S A D

Pour marque de ma bonne foi je vous envoye, comme vous voyez l'oracle en nature. Ces quarante sept lettres qui le composent sont correspondantes aux 47 nombres qui resulterent de la pyramide, des quatre clefs O.S.A.D. de la colonne double, et des six zero doubles. depuis ~~~~ avec ~~~~ avec mon intelli-
~~gence~~ que j'exige ce tresor ~~~~ fait tout mon bonheur, et dans tous ces
~~maîtresse de ce droit calcul~~ ~~par~~ la quelle nous j'ouvrir par une
que j'interrogeais c'est mon guide c'est lui que ma garante de

83

83. Giacomo Casanova, brouillon d'une lettre adressée à Mlle Eva Frank, Dux, 23 septembre 1793 (extraits). Essai de réponse par les nombres à une interrogation posée par Mlle Frank.

sa *commedia dell'arte* personnelle, sens de l'improvisation et plaisir de la repartie. Comme la tricherie aux cartes, la magie est un jeu où l'escroquerie devient séduction. Bragadin et ses complices sont des célibataires endurcis qui ont renoncé aux femmes : « C'était selon eux la condition principale que les esprits élémentaires exigeaient de tous ceux qui voulaient avoir un commerce avec eux. » Le moins qu'on puisse dire est que Casanova est loin de pratiquer la même chasteté. Mais la crédulité autorise les conciliations les moins probables : Bragadin accepte le libertinage de son protégé, de même qu'il associe foi chrétienne et croyance superstitieuse dans les esprits.

La frontière n'est pas facile à établir entre le cynisme de l'escroc et une croyance partagée avec les victimes.

84

84. Frontispice et page de titre de *The Conjurer Unmasked*, version anglaise de *La Magie blanche dévoilée* de Henri Decremps, Londres, 1785.

85. *Volontairette veut apprendre de mauvais arts*, illustration pour *Le Pèlerinage des deux sœurs Colombelle et Volontairette vers leur bien-aimé dans la cité de Jérusalem*, Boetius Adamsz Bolswert, Anvers, 1636.

85

Lorsque Casanova découvre dans le bric-à-brac d'un notable à Césène en 1748 ou 1749 (le mémorialiste et ses historiens divergent sur la date), au milieu des livres de magie et des reliques catholiques, le couteau prétendument utilisé par saint Pierre pour couper l'oreille du grand prêtre juif, selon l'Évangile de Jean, il flaire un bon coup. Il prétend aussitôt posséder le fourreau qui donnerait au couteau le pouvoir de découvrir des trésors. Il se met à en fabriquer un à partir d'une semelle de botte bouillie. Le pur cynisme aurait consisté à déterrer un faux trésor à l'aide de l'objet sacré et à profiter de l'émotion générale pour dépuceler la fille de la famille, Javotte. Tout semble favoriser le charlatan qui s'offre avec Javotte une nuit de plaisirs sans pénétration. L'opération magique de Césène est supposée se dérouler une nuit de pleine lune. Mise en scène, déguisement du mage, tout est prêt pour l'invocation des esprits lorsqu'un orage éclate brutalement. L'esprit fort semble aussi effrayé que ses acolytes. Il arrête la cérémonie, rentre dans la maison de Césène, renonce à Javotte qui ne lui paraît plus « d'un sexe différent du [sien] ». Il ne songe qu'à s'enfuir. Rationaliste, l'époque prétend se détacher des préjugés et des superstitions populaires, mais reste fascinée par les savoirs occultes. Dans les mêmes années, en France, Mme du Deffand, correspondante de Voltaire, affirme ne pas croire aux fantômes, mais en avoir peur.

Casanova gagne en sang-froid à Paris en 1757 quand il approche la duchesse de Chartres, future duchesse d'Orléans, désireuse de guérir une éruption de boutons et de mieux gérer ses liaisons amoureuses. Mais surtout quand il fait la connaissance de la richissime marquise

86. *Giacomo Casanova*, gravure de Rockwell Kent (1882-1971), frontispice de *Memoirs of Jacques Casanova De Seingalt*, traduction d'Arthur Machen, 1925.

87

d'Urfé, veuve plus toute jeune, férue de sciences occultes, collectionneuse de manuscrits alchimiques, soucieuse de trouver la pierre philosophale et l'élixir de longue vie. Il lui tourne la tête mieux qu'à Matteo Bragadin et bâtit les histoires les moins vraisemblables pour lui soutirer de l'argent. Ses déplacements, ses démêlés avec la police deviennent autant d'activités mystérieuses. Mme d'Urfé appartient à la famille du romancier du XVIIe siècle, mais aux amours délicates d'Astrée et de Céladon, Casanova substitue des ébats forcés avec la marquise vieillissante et une courtisane transformée en parente de Mme d'Urfé. Interviennent aussi un comparse déguisé et une danseuse qui apporte un peu de fraîcheur dans ces trafics. Il s'agit en effet de faire naître un jeune garçon dans le corps duquel la marquise d'Urfé croit pouvoir faire migrer son âme et, en attendant, passer sa fortune à Casanova nommé tuteur de l'enfant. C'était compter sans la rapacité des acolytes qui dénoncent l'imposture et forcent Casanova à imaginer des intrigues sans cesse plus compliquées. Et sans les réactions de la famille de Mme d'Urfé qui ne se laisse pas dépouiller si facilement. Finalement, *Histoire*

87. *Solutio Perfecta*, planche d'un manuscrit alchimique à peintures du XVIIe siècle.

88

88. Instruments et symboles alchimiques, page de titre de *Alchimie*, Nicolas Flamel, manuscrit à peintures.

Étienne François Duc de Choiseul d'Amboise, Pair de France, Chevalier des Ordres du Roy et de la Toison d'Or, Colonel Général des Suisses et Grisons, Lieutenant général des armées de Sa Majesté, Gouverneur et lieutenant général de la province de Touraine, Gouverneur et Grand Bailly d'Haguenau, du pays des Vosges et de Mirecourt, ministre et Secretaire d'Etat, Grand-Maître et Sur-Intendant général des Courriers, Postes et Relais de france.

Il est ordonné aux Maîtres des Postes de la Route de [illegible] à Bordeaux et à Bayonne de fournir à Mr Casanova les Chevaux dont il aura besoin pour courir la Poste en payant suivant les reglements. Fait à Paris le 15. 9 Mil Sept cens Soixante [illegible]

Gratis

Le présent Passeport valable seulement pour [illegible] jours

Le Duc de Choiseul

Par Monseigneur

Jaurin

de ma vie fait mourir la marquise lorsqu'elle échappe à son parasite.

Les manigances du mage peuvent être parfois moins sordides. En 1758, Casanova est chargé discrètement par le gouvernement français d'aller négocier des emprunts français auprès de banquiers hollandais. Il se fait fort de savoir interroger les esprits aussi bien que calculer les cours de la Bourse. Il promet à un riche commerçant d'Amsterdam le retour d'une cargaison que chacun croit perdue et le hasard lui donne raison. Il devine un grain de beauté caché sur le corps de sa fille et la jeune Esther se laisse séduire. « Sachant que tous les signes de cette espèce qu'on voit sur le visage de quelqu'un, ou sur le cou, ou sur les mains, ou sur les bras se répètent sur la partie du corps qui correspond à la visible, j'étais certain

90

89. Laissez-passer délivré à Casanova par le duc de Choiseul, 1767.

90. Attribué à Jan Ten Compe (1713-1761), *Le Houtegracht à Amsterdam*, 1752, huile sur panneau.

91

qu'Esther devait avoir un signe parfaitement égal à celui qu'elle avait sur le menton dans un endroit qu'honnête comme elle était elle n'avait pu laisser voir à personne, et qu'il se pouvait même qu'elle ignorât elle-même qu'elle l'avait. » Les codes de l'élégance rococo ou rocaille dispersaient les mouches sur le visage et les seins. Casanova observe les grains de beauté du corps entier et disserte savamment. Il a toujours une théorie pour justifier ses faits et gestes.

Sa double vue est faite d'un souci des détails concrets et son succès auprès des femmes d'une attention portée à leur corps. Le commerçant d'Amsterdam est prêt à lui donner la main de sa fille, du moins Casanova le prétend-il.

91. D'après François Boucher (1703-1770), *Le Matin*, gravure.

Dans ses voyages et dans ses prétentions, l'aventurier ne pouvait ignorer deux autres charlatans de haut vol qui jouent des mêmes références alchimiques, maçonniques et plus généralement ésotériques, et qu'on retrouve près de Mme d'Urfé, le comte de Saint-Germain et le comte de Cagliostro. Le rationalisme des Lumières n'est pas sans croiser cet illuminisme qui cultive la hiérarchie des secrets et soigne le décorum des initiations. Par l'âge, Saint-Germain pourrait être le père de Casanova, mais on ignore son identité et sa date de naissance. Sa maîtrise des codes sociaux et son aisance dans les salons aristocratiques l'ont fait supposer enfant illégitime de quelque princesse. Il prétend posséder le don d'immortalité et se fait recevoir dans les plus hautes sociétés. Louis XV lui accorde le château de Chambord pour mener des opérations alchimiques, susceptibles de renflouer les caisses de l'État. Le portrait que Casanova

92

93

92. *Le Comte de Saint-Germain*, gravure anonyme, XVIIIe siècle.

93. *Portrait de Joseph Balsamo, comte de Cagliostro*, gravure anonyme, XVIIIe siècle.

brosse de lui ressemble à un idéal personnel : « Je l'ai écouté avec la plus grande attention, car personne ne parlait mieux que lui. Il se donnait pour prodigieux en tout, il voulait étonner, et positivement il étonnait. Il avait un ton décisif, qui cependant ne déplaisait pas, car il était savant, parlant bien toutes les langues, grand musicien, grand chimiste, d'une figure agréable, et maître de se rendre amies toutes les femmes. » Le soi-disant comte de Cagliostro, Joseph Balsamo en fait, est issu d'un milieu très modeste en Sicile. Il a commencé dans un couvent dont il s'est fait renvoyer pour malversations, a fait le tour du bassin méditerranéen, s'est adjoint une compagne et complice, prête à jouer de ses charmes, et s'est hissé jusqu'aux milieux les plus fermés, mais il n'a jamais pu se débarrasser de son accent italien et a fini par être rattrapé par la justice. Il est arrêté par l'Inquisition, enfermé au château Saint-Ange et finit ses jours dans la forteresse de San Leo. Il constitue un contre-modèle pour Casanova qui démasque ses impostures dans un pamphlet à la fin de sa vie, *Soliloque d'un penseur*.

Aux solidarités entre comédiens, entre maçons et autres initiés, l'amant de M. M. et de C. C. ajoute les accointances libertines.

94. Analyse mathématique du hasard dans les jeux, illustration pour *Essay d'analyse sur les jeux de hasard*, Pierre-Rémond de Montmort, Paris, 1708.

Dans son casin vénitien, il a satisfait tous les caprices de l'ambassadeur de France, l'abbé de Bernis. Quand il arrive à Paris en 1757, il peut compter sur l'abbé, devenu ministre des Affaires étrangères, qui le met en contact avec les autres ministres, en particulier le contrôleur général, équivalent d'un actuel ministre des Finances. Et voilà notre Vénitien qui, à coup de bluff, met au point la loterie royale, entre banquiers et mathématiciens, pour renflouer le budget de l'État, ou bien se trouve-t-il au bon moment pour servir de prête-nom à l'opération. Il rencontre D'Alembert, « grand maître en fait d'arithmétique universelle » (c'est-à-dire d'algèbre), et il est permis de penser que Diderot accompagnait son ami, car on a retrouvé parmi les papiers de l'encyclopédiste des notes sur le calcul de cette loterie. L'aventurier parle probabi-

lités comme il a parlé ailleurs d'esprits et de philtres. L'affaire se fait et le pourcentage qui lui est accordé le rend richissime, mais pour un temps seulement, car il se met à vivre somptueusement. Il s'installe dans un quartier neuf aux lisières de la capitale, la Petite-Pologne, où de fastueuses folies sont bâties au milieu des friches et des guinguettes. Son luxe défraie la chronique. «On parlait de la bonne chère qu'on y faisait. Je faisais nourrir des poulets avec du riz dans une chambre obscure : ils étaient blancs comme la neige, et d'un goût exquis. J'ajoutais à l'excellence de la cuisine française tout ce que le reste des cuisines d'Europe avait de plus séduisant pour les friands. Les macaroni au suguillo [au jus], du riz tantôt en pilao [pilaf], tantôt en *cagnon* [cuit et assaisonné] et les *oilla putrida* [*olla podrida*, ragoût de porc espagnol aux haricots] faisaient parler.» Les vins sont à la hauteur des plats, de même que les compagnies invitées.

Pour tenir son train de vie, Casanova investit dans une manufacture «en étoffes de soie». Il a toujours apprécié les costumes chamarrés sur lui et sur celles qu'il aime. Il en devient producteur. «Ce qui me séduisit fut le dessin, et la beauté des couleurs [...]. La beauté des feuillages d'argent, et d'or surpassait celle qu'on admirait sur les étoffes de la Chine qu'on vendait à très cher prix à Paris, et partout.» Giacomo reste le fils de comédiens campés dans leur costume de scène, le frère de peintres maîtres des couleurs, mais l'économie a ses raisons que la déraison n'entend pas. Il achète du tissu, engage vingt ouvrières pour peindre. Au lieu de l'enrichir, ces filles de dix-huit à vingt-cinq ans constituent un sérail qui le ruine. Dans un manuscrit composé à la fin de sa vie,

95. «Les damas vendus à Paris», 1735, recueil d'échantillons d'étoffes et de toiles des manufactures de France du maréchal de Richelieu.

Double page suivante :
96. Jean-François de Troy (1679-1752), *La Déclaration d'amour*, 1731, huile sur toile.

1736.

Les Damas ont été vendu a Paris 36.tt l'aune
Et l'Etoffe blanche a fleur 25.tt

1103

1104

1105

1106

Casanova constate que ceux qui s'enrichissent ont rarement la sagesse ou la chance de conserver leur fortune. Tel, explique-t-il, « entreprend une manufacture dont l'utilité est évidente, mais le débit lui manque, il fait banqueroute, et pour éviter la prison, il se voit obligé à se sauver dans un pays étranger ». C'est ce qui lui est arrivé à Paris, ses difficultés économiques se compliquant d'une accusation d'avortement. L'affaire des toiles peintes est liquidée et le richissime entrepreneur se retrouve à la prison de For-l'Évêque, en plein cœur de la capitale. « J'étais fort fâché de me voir là-dedans, car cela devait me décréditer dans tout Paris. » Mme d'Urfé vient rapidement le délivrer et lui conseille de se montrer aux Tuileries et au Palais-Royal « pour convaincre le public que le bruit de [sa] détention était faux ». Paris ne lui a pas donné l'état solide qu'il espérait, ou bien n'a-t-il pas su s'y tenir, il se dit dégoûté de la capitale française. Le 1er décembre 1759, il fuit la France. Commence une longue errance qui le mène aux quatre coins de l'Europe.

97

La première étape est La Haye où il est confronté à l'un de ses doubles. Un prétendu prince Piccolomini, qui n'est qu'un maître d'armes de Vicence, quitte précipitamment l'hôtel en laissant une soi-disant princesse, une courtisane romaine, à Casanova, qui n'en veut pas et la propose à un voyageur anglais, qui ne dit pas non. Est-ce la construction romanesque des mémoires qui amène également dans cet hôtel le comte de Saint-Germain ? La réalité semble obliger tous les aventuriers à se déplacer sans cesse et à se croiser dans un certain nombre d'auberges comme autant de plaques tournantes de leurs trafics. Casanova retrouve Piccolomini à Amsterdam au milieu d'une bande d'escrocs et d'intrigantes qui affichent tous des titres de noblesse. Les uniformes que portent certains sont-ils authentiques ? Au lieu de fréquenter sagement le riche commerçant qu'il connaît et sa fille prête à l'épouser, Casanova se fourvoie dans des soirées de jeu et de débauche. Il semble rattrapé par toutes les affaires louches dont il a été l'acteur ou le témoin. Et comble d'infortune, Manon Balletti lui annonce son mariage avec Blondel ! « Je me suis alors déterminé d'aller faire un petit voyage en Allemagne. » L'expression « petit voyage » met un peu de fantaisie dans une réalité difficile. Les activités douteuses et le besoin de fuir sont présentés comme des inspirations du moment. Les dures nécessités s'allègent en libres fantaisies. Des « idées non préméditées *tombées des nues* » l'ont fait partir,

97. William Hogarth (1697-1764), *La Carrière du Roué, L'Orgie*, 1733, huile sur toile.

98. Anonyme, *Caricature de Giacomo Casanova*, XVIIIe siècle.

98

quinze ans plus tôt, pour Constantinople, l'ont fait monter « sans aucun *dessein* » sur un cheval qui démarre au galop, promettre de prononcer des vœux monastiques, prendre et reprendre une berline pour traverser une frontière. À Stuttgart, à la fin mars 1760, « un caprice » le fait se présenter comme un parent de la favorite du duc régnant : « *mensonge* inconcevable » qui pouvait mal finir. La liberté s'exerce dans tous ces termes négatifs qui récusent les convenances et bravent le bon sens.

L'éternel fugitif se retrouve à Cologne, sur les terres du prince-évêque qui reçoit dans sa résidence à Bonn et dans son Trianon de Brühl. Il force les portes des bals masqués et des réceptions où il n'est pas convié. Il réplique au général qui lui en fait la remarque : « *C'est vrai, mon général, mais étant sûr que ce ne pouvait être que par oubli, je suis venu tout de même faire ma cour à Votre Excellence.* » Il passe des situations de faste où il reçoit les plus belles dames du lieu aux moments de détresse où il est réduit aux pires expédients. Il est arrêté pour dettes de jeu à Stuttgart, fausse compagnie à son gardien, passe par une fenêtre et prend la route de la Suisse. Durant le printemps et l'été 1760, il est successivement à Zurich, Soleure, Berne, Bâle, Lausanne, Genève. À chaque ville son aventure amoureuse. Puis aux noms suisses succèdent des noms savoyards, français et italiens. Le lecteur a le tournis, mais les rencontres et les hasards prennent l'évidence d'un destin romanesque. De Zurich, l'aventurier fait un saut à l'abbaye bénédictine d'Einsiedeln et caresse l'idée de se faire moine. La conquête d'une belle voyageuse l'en détourne. À Soleure, l'ambassadeur de France,

99 a-99 b. Franz Rousseau (1717-1804), *Bal masqué au théâtre de la cour de Bonn*, 1754, huile sur toile.

ges exprimées. 107 125

Chapitre VIII

Mon arrivée à Bologne. Chassé de Modene. Parme. Turin.
La juive Lia. La R.... marchande de mode.

La Corticelli avoit un mantelet doublé d'une bonne pelisse;
mais le fou qui l'enlevoit n'avoit pas meme un manteau.
Le vent étoit tres froid; et malgré cela je n'ai jamais voulu
m'arreter. J'avois peur d'être suivi, et de me voir obligé à me =

100

qui a reçu une dépêche de Choiseul, le présente comme M. de Seingalt. « Casanova » est rayé sur le manuscrit des mémoires, remplacé par ce titre que rien ne justifie. Les commentateurs ont avancé les explications les plus complexes, ils ont évoqué un code, mais *Histoire de ma vie* introduit le pseudonyme avec toute la facilité de l'arbitraire. Lorsqu'un bourgmestre germanique lui reproche ce « faux nom », le prétendu chevalier rétorque : « C'est la chose du monde la plus simple et la plus facile [...]. L'alphabet est la propriété de tout le monde : c'est incontestable. J'ai pris huit lettres, et je les ai combinées de façon à produire le mot *Seingalt*. Ce mot ainsi formé m'a plu. » Tel est son bon plaisir : le culot est celui du plébéien qui affirme son ambition, mais dont le modèle reste irréversiblement aristocratique.

À Genève, il rend quelques visites à Voltaire avec lequel il aurait rivalisé à qui saurait le mieux déclamer l'Arioste et contre lequel il défend la nécessité de ne pas trop éclairer le peuple. Quand il était parisien, il serait allé avec Mme d'Urfé à Montmorency chez Jean-Jacques Rousseau. L'évocation de l'auteur des *Confessions*

100. Giacomo Casanova, *Histoire de ma vie*, 1789-1798, tome I, chapitre XIII, folio 187 recto (extrait), manuscrit.

101

102

101. Bibliothèque de l'abbaye d'Einsiedeln.

102. Georg Balthasar Probst (1732-1801), *Vue de la bibliothèque de Göttingen*, 1740, estampe.

103

est rapide et décevante. Autre visite pour sa collection d'écrivains : sur le chemin de Lausanne, il ne manque pas de faire la connaissance d'Albrecht von Haller, l'auteur d'*Ode sur les Alpes* et directeur des salines de Roche. Il lui fait dire du mal de *La Nouvelle Héloïse*, « le plus mauvais de tous les romans parce que c'est le plus éloquent ». Avec Haller, il est question de Pétrarque, du savant et de l'amoureux : « Si Laure n'avait rendu Pétrarque heureux, il ne l'aurait pas célébrée. » Le mémorialiste avait écrit : « Si Laure avait rendu Pétrarque heureux » et a ajouté « n' » dans l'interligne. Le voyageur

103. Jean Huber (1721-1786), *Voltaire accueillant des invités*, vers 1750-1775, huile sur toile.

104. Maurice Quentin de La Tour, *Jean-Jacques Rousseau*, 1753, pastel.

105. *Portrait de Albrecht von Haller*, XVIIIe siècle, gravure sur cuivre.

104

105

106

106. Jean-Honoré Fragonard (1732-1806), *Les Curieuses*, huile sur toile.

ne manque pas, un peu plus tard, d'aller faire un pèlerinage à la fontaine de Vaucluse. Il monte jusqu'aux vestiges de la maison du poète sur une hauteur, puis salue les traces de la maison de Laure. À chaque station, il verse les larmes de circonstance. Plus tard, à Trieste, il comparera l'amant d'une femme mariée à Pétrarque, « toujours soupirant, espérant toujours, et n'obtenant jamais rien ».

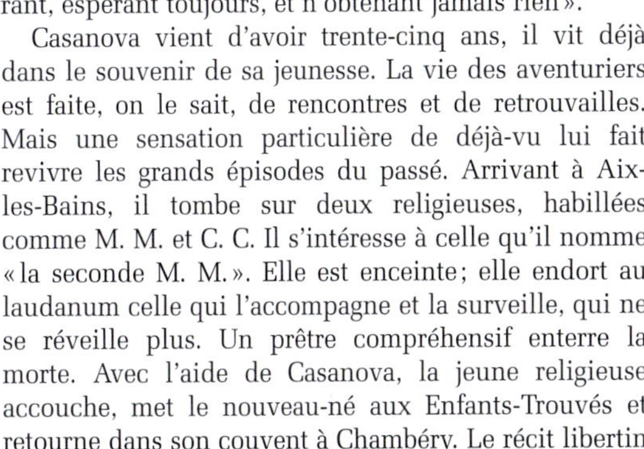

Casanova vient d'avoir trente-cinq ans, il vit déjà dans le souvenir de sa jeunesse. La vie des aventuriers est faite, on le sait, de rencontres et de retrouvailles. Mais une sensation particulière de déjà-vu lui fait revivre les grands épisodes du passé. Arrivant à Aix-les-Bains, il tombe sur deux religieuses, habillées comme M. M. et C. C. Il s'intéresse à celle qu'il nomme « la seconde M. M. ». Elle est enceinte ; elle endort au laudanum celle qui l'accompagne et la surveille, qui ne se réveille plus. Un prêtre compréhensif enterre la morte. Avec l'aide de Casanova, la jeune religieuse accouche, met le nouveau-né aux Enfants-Trouvés et retourne dans son couvent à Chambéry. Le récit libertin de Murano a tourné au roman noir, remarque Félicien Marceau qui, dans deux essais à trente ans de distance, a dit sa constante admiration pour le Vénitien. Même jeu

107

108

107. Attribué à Pierre-Antoine Baudouin, *Giacomo Casanova âgé de 30 ans*, miniature.

108. Jacques Charlier (vers 1720-1790), *La Baigneuse*, peinture sur ivoire.

d'écho à Grenoble : Casanova est frappé par « une jeune et grande demoiselle à l'air modeste, brune, très bien faite, et mise très simplement ». « Ce fut sur cette fille que j'ai jeté dans l'instant un dévolu, comme si toute l'Europe ne fût que le sérail destiné à mes plaisirs. » Casanova, qui ne parvient pas à la séduire, tire son horoscope et lui annonce qu'elle deviendra la maîtresse du roi. Il s'offre à l'aider dans cette ambition. La jeune fille est de meilleure famille que la petite O'Morphy, mais la position de Casanova reste la même : il cède volontiers une éventuelle maîtresse à celui qui doit avoir la préséance. Une seconde M. M., une seconde O'Morphy et bien sûr une seconde Henriette. À Londres, grâce à une petite annonce, Casanova rencontre une jeune femme de vingt-deux à vingt-quatre ans, « belle en tout point, à cheveux noirs, et au teint pâle ». Il la nomme Pauline. Elle est cultivée, maîtrise le jeu d'échecs et appartient à une grande famille portugaise. Elle ne se trouve en Angleterre qu'à la suite de longues aventures politiques et sentimentales. Retenue puis passionnée, elle se donne à Casanova, mais doit bientôt regagner Lisbonne. Il l'accompagne à Douvres et à Calais : « La ressemblance entre cette séparation à Calais, et celle qui m'a percé l'âme à Genève quinze ans auparavant au départ d'Henriette est frappante, frappante la ressemblance des caractères de ces deux femmes incomparables, dont l'une ne différait de l'autre que dans la beauté. Il fallait peut-être cela pour que je devinsse éperdument amoureux de la seconde comme je l'avais été de la première. » « Comme je l'avais été » : peut-on revivre les mêmes expériences ? L'aventurier a le sentiment que l'âge affaiblit les émotions. Henriette elle-même a eu conscience que le passé ne se répète pas. Lorsque son ancien amant passe par son château en Provence, elle s'esquive et se dérobe. Plutôt qu'avec Casanova lui-même, elle passe la nuit avec la compagne de celui-ci, comme un souvenir de son tout premier travestissement en officier. Henriette et Pauline sont des étrangères en Italie ou en Angleterre, cette situation les rapproche de Casanova le roturier qui fait parade de son argent, conscient qu'il ne s'agit que d'une parenthèse heureuse d'apesanteur sociale.

Un effet plus subtil de répétition prend la forme de l'inceste. Le voyageur passe par Naples. « On ne peut ni écrire ni concevoir la grandeur de la joie que mon âme ressentait me voyant de nouveau à Naples, où dix-huit ans avant ce moment-là j'avais fait ma fortune. » Il fait le tour de ses anciennes connaissances, rend visite au duc de Matalona qui lui présente sa maîtresse « pour la forme ». Il est bientôt épris de cette Leonilda et prêt à l'épouser. Il met en scène ses grosses pertes au jeu comme preuve qu'il va être heureux en amour. Le contrat est négocié et le mariage arrêté. La mère arrive pour la cérémonie qu'elle interrompt brutalement :

je vois Donna Lucrezia Castelli — Donna Lucrezia ! lui dis je,
ne je suis heureux ! — Reprenons un peu haleine, mon cher
ni. Asseyez vous ici. Vous allez epouser ma fille.
e m'assieds, j'entens tout ; mes cheveux se dressent, et je tombe
ns le plus morne silence. Les étonnés étoient Leonilda, et

109. Giacomo Casanova, *Histoire de ma vie*, 1789-1798, tome VI, chapitre VI, folio 86 verso, manuscrit.

c'est Lucrezia, une ancienne maîtresse, qui annonce à Casanova qu'il est le père de Leonilda. Le souffle de la tragédie se fait sentir. Ce n'est qu'un drame qui se résout en comédie. Leonilda rassure : « Je ne l'ai jamais aimé qu'en fille. » Près de dix ans s'écoulent. En 1770, Casanova passe par Salerne et tombe sur Lucrezia et Leonilda, désormais mariée à un vieux marquis. Le père et la fille se promènent dans un parc magnifique et s'attardent dans une grotte qui mime la pure nature : « Déterminés à ne pas consommer le prétendu crime, nous le touchâmes de si près qu'un mouvement presque involontaire nous força à le consommer si complètement que nous n'aurions pas pu faire davantage si nous avions agi en conséquence d'un dessein prémédité dans toute la liberté de la raison. » La syntaxe est complexe et l'argumentation retorse, tout jugement extérieur est évacué au profit d'une tranquille amoralité. Les amants ne se sentent « ni coupables ni victimes d'un remords ». « Un ange même qui serait alors venu nous dire que nous avions monstrueusement outragé la nature nous aurait fait rire. » Le temps semble oublié, la fille a pris la place de sa mère entre les bras d'un amant qui ne changerait pas. Les derniers livres d'*Histoire de ma vie* sont traversés de filles et de garçons qui sont présentés comme les enfants du narrateur.

Les pesanteurs du temps se font pourtant sentir. À Berne, Casanova

110

110. Johann-Joachim Kaendler (1706-1775), *Amoureux à la cage*, manufacture de Meissen, porcelaine dure et polychromie.

111. Nicolas Lavreince le Jeune (1737-1807), *Le Déjeuner en tête à tête*, gouache sur papier.

s'intéresse à une femme défigurée mais aux formes prometteuses. Il rencontre son amant, joli garçon, qui l'invite à les observer tous deux dans leurs ébats. Il se place derrière une porte vitrée dont le rideau a été suffisamment ouvert : «Petit de taille, mais géant où la dame le voulait, il avait l'air d'en faire parade pour réveiller ma jalousie, et m'humilier, et peut-être pour faire ma conquête aussi. Pour ce qui regarde sa victime il me la fit voir dans les deux faces principales, et dans tous les profils en cinq ou six différentes postures, dont il se servit en Hercule dans l'acte amoureux.» Casanova a pris la place de Bernis. Lui qui, dans les casins vénitiens, consultait un recueil de positions amoureuses avant de se donner en spectacle, est réduit au voyeurisme. L'expérience la plus cruelle l'attend à Londres. Il y arrive en juin 1763 profitant du réseau des Comédiens-Italiens. Après avoir vécu une idylle passionnée avec la noble Pauline, il retombe dans un milieu d'escrocs et de filles. L'une d'entre elles dit se nommer Auspurgher et se fait appeler la Charpillon. Le narrateur d'*Histoire de ma vie* prévient ses lecteurs : «Ce fut dans ce fatal jour au commencement de septembre 1763 que j'ai commencé à mourir; et que j'ai fini de vivre. J'avais trente-huit ans.» Il s'estime au

112

113

point d'inversion de son existence. La Charpillon est une beauté à laquelle il est difficile de reprocher un défaut. C'est une claire aux cheveux châtains et aux yeux bleus. Elle se joue de son amant soudain maladroit, sollicite tous les cadeaux pour elle et sa famille et se dérobe. Casanova obtient de se glisser dans son lit, elle lui résiste, enfermée dans le silence. Par scrupule, il refuse d'employer un fauteuil à violer que lui propose un autre aventurier, Ange Goudar, mais il en vient aux coups, aux éclats, aux meubles brisés. Il la surprend avec son coiffeur. À chaque fois, il se laisse reprendre par le désir et cède à tous les chantages. La fausse nouvelle de la mort de la Charpillon le désespère, il rédige un testament et va pour se noyer dans la Tamise avec des balles de plomb dans ses poches. Une connaissance, rencontrée sur le pont de Westminster, l'entraîne à un dîner de filles qui lui redonne goût à la vie.

112. Antonio Canaletto (1697-1768), *Vue de la Tamise et du pont de Westminster*, vers 1746-1747, huile sur toile.

113. Anonyme, *Marianne Charpillon*, d'après une miniature de Laurent Person, XXe siècle, estampe.

Une dernière confrontation avec la Charpillon transforme l'amour en plaisir amer de la vengeance : l'aventure s'achève en procédures et arrestations diverses. Le pays tout entier a désormais un goût de fiel. Quelques visages souriants ne suffisent pas à le rendre habitable. Au début de 1764, une mère débarque accompagnée de ses cinq filles, elle offre à l'aventurier un tel sérail, ajoutant qu'« elle avait souvent pensé à s'en faire un pareil en hommes ». Il en profite. Une maladie vénérienne et une fausse lettre de change à la mi-mars précipitent sa fuite vers le continent.

Les zigzags sur la carte d'Europe suggèrent un aventurier indésirable dans la plupart des villes, élargissant le cercle de ses investigations pour se faire accepter quelque part. Un manuscrit tardif de Casanova consacre

114

plusieurs pages à la personne des souverains dont il défend le caractère sacré. Le sujet de la République de Venise vénère les rois : « Je me sens saisi par des sentiments d'une vénération mêlée de terreur à l'aspect d'êtres qui n'ont rien de différent des autres hommes, et qui cependant peuvent tout ce qu'on peut pouvoir jusqu'aux confins de la puissance réservée à Dieu. » Alors que le roi de Sardaigne à Turin le déçoit par sa laideur, Louis XV correspond à son idéal, il est beau à ravir. « On se sentait forcé de l'aimer dans l'instant. » Mais la cour de France est désormais fermée au charlatan qui a abusé de la confiance de la marquise d'Urfé. À Stuttgart, le duc de Wurtemberg, riche des soldats qu'il vend à la France, entretient « la plus brillante cour de toute l'Europe » : « Il voulait qu'on dît qu'aucun prince son contemporain n'avait ni plus d'esprit, ni plus de talent que lui, ni plus l'art d'inventer des plaisirs, et d'en jouir. » En 1760, Casanova se serait bien accommodé d'un souverain si semblable à lui, mais une nuit de jeu le rappelle à ses propres limites. Le roi de Naples n'a que neuf ans, mais pour aller lui baiser la main, Casanova met « un habit de velours ras couleur de rose brodé en paillettes d'or ». À Potsdam, à la fin de 1764, il préfère un habit noir pour attendre Frédéric II dans les jardins de Sans-Souci. Il se laisse désarçonner par le roi qui le fait parler d'irrigation, puis d'impôt, le jauge « de la tête aux pieds, et des pieds à la tête » et malgré un compliment (« Vous êtes, me dit-il, un très bel homme ») ne lui propose qu'un

115

114. Maurice Quentin de La Tour (1704-1788), *Portrait de Louis XV en buste*, pastel.

115. Joseph Anton Koch (1768-1839), *Le Colonel Christoph Dionysius von Seeger face au duc de Wurtemberg*, 1793, plume, lavis rehaussé de blanc.

poste de précepteur dans une école militaire. En 1765, c'est dans un jardin encore, le jardin d'été de Pétersbourg, qu'il rencontre ou aurait rencontré Catherine II. « Cette princesse, de moyenne taille, mais bien faite et d'un port majestueux, possédait l'art de se faire aimer de tous ceux qu'elle croyait curieux de la connaître. » Il fréquente régulièrement le parc dans l'espoir d'une autre entrevue et peut discuter de réformes avec la souveraine, mais il n'obtient aucune gratification. Ces rencontres dans des parcs ont-elles eu lieu ? Elles manquent de confirmations concrètes. Elles caractérisent en tout cas le statut de Casanova qui reste dehors et qu'on ne rencontre que par hasard.

Il juge Varsovie brillante et peut parler d'Horace avec le roi Stanislas Auguste qui lui glisse élégamment une enveloppe avec deux cents ducats pour payer ses dettes. Mais une altercation avec un favori du roi à propos d'une comédienne conduit à un duel retentissant.

116

117

En mars 1766, les deux hommes se battent au pistolet : le comte Branicki est gravement blessé, Casanova légèrement. Les rumeurs rattrapent l'aventurier qui pensait posséder désormais son brevet de noblesse. Le roi lui offre une nouvelle gratification, mais ne l'expulse pas moins. Un projet au Portugal ne se réalise pas. Une expérience espagnole en 1768 se solde par deux séjours en prison. On songe à coloniser la Sierra Morena, Casanova espère faire passer des mémoires et occuper quelque poste, mais le roi Charles III, « faible, matériel, têtu, fidèle à l'excès à la religion, et très déterminé à mourir cent fois plutôt que de souiller son âme avec le plus petit de tous les péchés mortels », n'est pas de ceux qui peuvent être séduits par un beau parleur. Casanova d'ailleurs parle trop, il se répand en détail sur le jeune amant de l'ambassadeur de Venise. Les cours se ferment ainsi les unes après les autres et les voyages à travers la France et l'Italie se font rapides, compulsifs.

119

Double page précédente :
116. École allemande, *Portrait de Frédéric II de Prusse*, XVIIIe siècle, huile sur toile.
117. Vigilius Erichsen (1722-1782), *Portrait de l'impératrice Catherine II*, vers 1780, huile sur toile.
118. Marcello Bacciarelli (1731-1818), *Portrait de Stanislas II Auguste Poniatowski en habit de sacre*, 1764.

Nostalgie

Lors d'une discussion à Madrid sur la Sierra Morena, Casanova déconseille l'envoi de Suisses, car ils sont « sujets à une maladie qu'on appelle le *Heimwèh*, qui veut dire retour, que les Grecs appelaient Nostalgia : lorsqu'ils se trouvent éloignés de leur pays au bout d'un certain temps, la maladie en question les surprend, le seul remède est le retour à leur patrie». Le chevalier de Seingalt semblait bien étranger à une telle maladie, lui qui aurait plutôt pris pour devise la formule de Cicéron « *Ubi bene, ibi patria* » : «ma patrie est où je me trouve bien». Il ne peut plus faire appel à Mme d'Urfé; la mort de Bragadin transforme la pension que celui-ci lui assurait en une maigre rente. Sa marge de manœuvre semble se rétrécir. Dans la perspective d'un raccommodement avec Venise, il s'est lancé dans une réfutation d'un ouvrage qui avait mis un froid dans les relations diplomatiques entre Paris et la Sérénissime, un siècle plus tôt. Nicolas Amelot de La Houssaye avait tiré de son séjour à l'ambassade de France dans la lagune une *Histoire du gouvernement de Venise* (1676), très critique envers les institutions de la république. En 1769, Casanova publie sa *Confutazione della storia del governo veneto d'Amelot de La Houssaye* et, mis en verve historique, il s'attaque à une *Histoire des troubles de la Pologne* à laquelle le démembrement du pays donne une actualité. À l'automne 1772, il s'installe à Trieste, aux portes du territoire vénitien. Il semble prêt à tout pour être autorisé à rentrer, il accomplit quelques missions pour les inquisiteurs. «À l'âge que j'avais de quarante-

119. Rosario Morra, illustration pour *Memorie scritte da lui medesimo*, Éditions Olivetti, Milan, 1996.

120

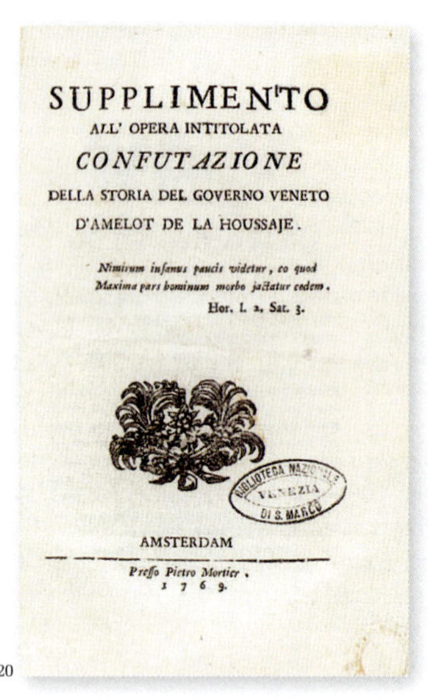

SUPPLIMENTO
ALL' OPERA INTITOLATA
CONFUTAZIONE
DELLA STORIA DEL GOVERNO VENETO
D'AMELOT DE LA HOUSSAJE.

Nimirum insanus paucis videtur, eo quod
Maxima pars hominum morbo jactatur eodem.
Hor. L. 2. Sat. 3.

AMSTERDAM

Presso Pietro Mortier.
1 7 6 9.

neuf ans il me paraissait de ne devoir plus rien espérer de la fortune amie exclusive de la jeunesse, et ennemie déclarée de l'âge mûr. Il me semblait qu'à Venise je ne pouvais que vivre heureux sans avoir besoin des faveurs de l'aveugle déesse. »

À Trieste, il retrouve une actrice connue autrefois, qui organise des parties de jeu et triche discrètement. Elle lui présente sa fille qui lui plaît, qui ne lui refuse pas « des caresses » et qu'il partage avec le consul de Venise. Le manuscrit d'*Histoire de ma vie* s'achèvera au milieu de ces trafics d'argent et de chair fraîche : « Au commencement du carême elle partit avec toute la troupe, et

120. Giacomo Casanova, *Supplimento all' opera intitolata Confutazione della storia del governo veneto d'Amelot de La Houssaye*, Amsterdam, 1769.

121

trois ans après je l'ai vue à Padoue où j'ai fait avec sa fille une connaissance beaucoup plus tendre. » On est au début de l'année 1774, le banni attend sa grâce quelques mois encore, il arrive dans sa ville natale le 12 septembre. Il a pu espérer revenir *là-haut*, il n'est que *là-bas*. James Rives Childs, un diplomate américain, devenu l'un des meilleurs casanovistes du XXe siècle, a imaginé son retour sur le Grand Canal dans les sentiments qui l'avaient saisi, peu de temps auparavant, à Ancône, la ville de la rencontre avec Thérèse-Bellino : « Mais quelle différence quand je mesurais mon existence physique, et morale de ce premier âge, et

121. Giuseppe Bernardino Bison (1762-1844), *Place Saint-Pierre à Trieste*, huile sur toile.

122. Antonio Canaletto (1697-1768), *Le Grand Canal vers la pointe de la Douane*, 1740-1745, huile sur toile.

D E L L'

ILIADE DI OMERO,

T R A D O T T A

IN OTTAVA RIMA

D A

GIACOMO CASANOVA,

VINIZIANO,

TOMO PRIMO.

CANTI CINQUE.

IN VENEZIA,

MDCCLXXV.

Preſſo MODESTO FENZO.

CON LICENZA DE' SUPERIORI, E PRIVILEGIO.

123. Giacomo Casanova, *Dell' Iliade di Omero, tradotta in ottava rima*, page de titre, tome I, Venise, 1775.

que je la comparais à l'actuelle ! Je me trouvais tout à fait un autre. » Il avait l'avenir devant lui, des ressources personnelles qu'il imaginait sans limites et il n'a plus désormais pour ambition que « retourner sur ses pas » et se mettre au travail. Au modèle aristocratique de l'homme de cour succède celui de l'artiste qui ne se distingue pas bien de l'artisan. Il compte devenir un auteur et en vivre à la façon dont ses frères sont établis comme peintres.

Il déploie une activité d'écrivain dans tous les genres littéraires, il est historien avec *Histoire des troubles de la Pologne*, traducteur avec une adaptation de l'*Iliade* en vers italiens et de romans français : les *Lettres de Milady Juliette Catesby* de Mme Riccoboni, liée à la famille des Comédiens-Italiens, et *Le Siège de Calais* de Mme de Tencin. Il se fait journaliste sur le modèle d'Addison ou de Marivaux, c'est-à-dire rédacteur unique de périodiques qu'il lance sans grand succès : les *Opuscoli miscellanei* comptent sept numéros, *Le Messager de Thalie* dix, *Talia* qui en prend la suite un seul. Il met par écrit un de ses morceaux de bravoure, le récit de son duel à Varsovie. Il s'essaie aussi comme entrepreneur de spectacles, renouant avec le métier de ses parents. *Le Messager de Thalie* est une revue qui accompagne les pièces montées par la troupe qu'il a engagée. Il continue à travailler comme informateur pour les inquisiteurs, envoie une cinquantaine de rapports sans déployer trop de zèle dans la dénonciation. Il devient enfin secrétaire d'un riche diplomate, mais croyant régler à son avantage un ancien différend de son patron, il est déçu par la commission qui lui revient, s'emporte, est insulté en public et n'a plus pour se venger que les ressources de sa

124

plume. Il publie un pamphlet violent qui met en cause la famille des Grimani, ancienne protectrice de sa famille. Le titre évoque les écuries d'Augias : *Ni amours ni femmes ou le nettoyage des écuries*. Il n'a pas mesuré le scandale, ses amis lui conseillent une fois encore de fuir. À la fin de l'été 1782, il se retrouve à Trieste, fait appel à ses frères et avoue : « J'ai cinquante-huit ans ; je ne puis pas m'en aller à pied : l'hiver arrive brusquement. Et si je pense à redevenir aventurier, je me mets à rire en me regardant au miroir. » Comme lorsqu'il s'est retrouvé sous les Plombs trente-sept ans plus tôt, il rêve d'un cataclysme qui frapperait ses agresseurs et annonce un tremblement de terre prêt à détruire Venise.

124. *La Bocca di leone*, palais des Doges, Venise.
125. Giacomo Casanova, *Le Messager de Thalie*, numéro IV, Venise, 1780.

LE MESSAGER DE THALIE.

Num. IV.

C'est un fait incontestable, que cette feuille fut jusqu'a present inexacte en ce qui regarde le repertoire. Le respect, que je dois au Public, la justice, que je rens a la bonne volontè des comediens, & la tendresse paternelle, que je ressens pour mon pauvre *Messager* exigent, que je justife ce petit desordre.

Il n'est pas permis a Venise (Dieu en soit louè) de representer un drame quelconque, sans qu'il soit auparavant pasè a la censure. Ce fut la cause de la premiere substitution. Un acteur malade causá la seconde. La troisieme deriva de ce que deux acteurs ne croioient pas de savoir par coeur leurs roles, & cette raison est fort puissante chez les françois, toujours honteux, & presque fletris, lorsqu' il arrive, qu'ils aient besoin du souffleur; il faut cependant qu'ils le voient dans le trou, attentif dans sa taciturnitè a suivre de l'oeil tout ce qu'ils débitent, car ils savent que la memoire est frele, & trop sujette, malgrè sa spiritualitè, a l'enveloppe epais qui l'environne. L'illustre Silvia me disoit, que pour n' avoir jamais besoin du souffleur, il lui suffisoit de le voir.

A Plu-

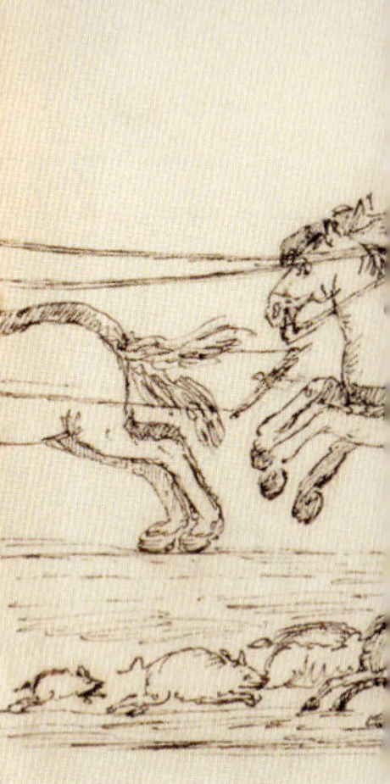

126

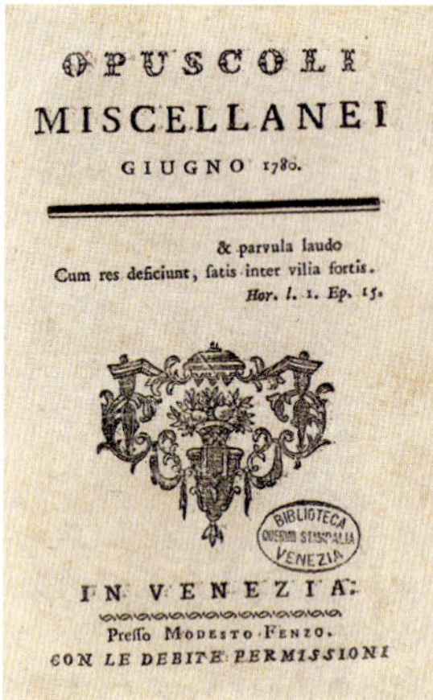

OPUSCOLI
MISCELLANEI
GIUGNO 1780.

& parvula laudo
Cum res deficiunt, satis inter vilia fortis.
Hor. l. 1. Ep. 15.

IN VENEZIA:
Presso Modesto Fenzo.
CON LE DEBITE PERMISSIONI

127

NE' AMORI, NE' DONNE
OVVERO
LA STALLA RIPULITA.

Nec quisquam noceat cupido mihi pacis; at ille
Qui me commorit, melius non tangere, clamo;
Flebit.

IN VENEZIA,
MDCCLXXXII.
Presso Modesto Fenzo.
CON LE DEBITE PERMISSIONI.

128

126. A. Dettinger. *L'Équipage du prince de Ligne*, dessin à l'encre.
127. Giacomo Casanova, *Opuscoli miscellanei*, Venise, 1780, page de titre.
128. Giacomo Casanova, *Ne amori, ne donne ovvero la stalla ripulita*, Venise, 1782, page de titre.

C'est de nouveau le tourniquet des villes : Vienne, Innsbruck, Augsbourg, Francfort, Aix-la-Chapelle, La Haye, Rotterdam, Anvers, Paris. Il ne semble le bienvenu nulle part et quitte chaque ville pour la suivante. Après Dresde, Berlin et Prague, une possibilité s'offre enfin à Vienne : l'ambassadeur de Venise a besoin d'un secrétaire. Casanova a du style, de la culture, de l'entregent. Il peut de nouveau évoluer dans les sphères du pouvoir. À Vienne en 1783, il renoue avec un aventurier dont l'histoire ressemble à la sienne. Lorenzo Da Ponte est issu d'une famille juive de Vénétie, convertie au catholicisme. Promis à l'Église et même ordonné prêtre, il préfère les aventures amoureuses et une existence hasardeuse. Lui aussi, il doit abandonner Venise, mais trouve une place à Vienne où Joseph monte sur le trône à la mort de sa mère Marie-Thérèse : il succède à Métastase comme librettiste officiel pour les musiciens de la cour. Il collabore ainsi avec Mozart auquel il fournit le livret des *Noces de Figaro* (1786), *Don Giovanni* (1787) et *Così fan tutte* (1790). Il évoque, dans ses propres mémoires, la rencontre, sur le Graben, de Casanova et de son ancien secrétaire qui lui avait servi de complice pour gruger Mme d'Urfé. Mais à filou, filou et demi : le secrétaire avait volé à Casanova les cadeaux soutirés à la marquise crédule. Da Ponte évite une rixe entre les deux hommes qui se réconcilient dans le souvenir de leurs aventures. Il remarque au doigt de Giacomo une bague, dernier reste des bijoux escroqués à Mme d'Urfé : elle représente Mercure, le dieu des voleurs. C'est sans doute Da Ponte qui met en relation Casanova et Mozart. On se plaît à rêver à une collaboration entre le vieux séducteur et le jeune musicien pour écrire *Don Giovanni*. On a retrouvé parmi les papiers de Dux deux variantes d'un air de Leporello, le valet de don Giovanni. L'aventurier est-il intervenu plus avant dans l'élaboration de l'opéra dont il va voir la création à Prague ? On ne peut en tout cas confondre le Vénitien du XVIIIe siècle et le Sévillan du XVIIe. Félicien Marceau a présenté Casanova comme un anti-don Juan. Avec don Juan, c'est un monde qui s'achève, celui des grands seigneurs méchants hommes, sans limites à leurs caprices ; avec Casanova, un monde qui commence, celui des plébéiens qui veulent s'imposer. Le premier est un personnage baroque, or et sang, blasphémateur sublime, Casanova une figure rococo, qui joue de tout le nuancier des couleurs et s'accommode de tranquilles transgressions. Les chemins de Casanova et de Da Ponte se croiseront encore, mais le librettiste de Mozart s'installe à Londres en 1792, puis à New York en 1805 où il deviendra professeur de littérature italienne.

129. Giacomo Casanova, texte pour l'aria de Leporello (acte II) de l'opéra de Mozart *Don Giovanni*.

130. Barbara Krafft (1764-1825), *Portrait (posthume) de Wolfgang Amadeus Mozart*, 1818, huile sur toile.

Lep: Suscito
Confuso
Stupito
Deluso
Difendermi non so:
Perdon vi chiederò.

D. Elv:
D. Ott:
Zerl:
Mas: } a 4) Perdonarti non si

Lep: Solo da voi dipende
Il mio fatal destino
Da voi la grazia attendo
Il palpitante cor

Zerl: Ti vo' ~~cavar~~ mangiar la viscere 4
Mas: Vo' divorarti l'anima 3
D. Ott: Appeso ad un patibolo 2
D. Elv: Devi andar lo spirito 1

à 4) Infame traditor
Lep: Solo da voi dipende
Il mio fatal destino
Da voi la grazia attende
Il palpitante cor

à 4) alla forca, alla forca, alla forca
Lep: ~~[illegible]~~ Oibò! oibò, morte sporca!
a 4) In galera, in galera, in galera
Lep: Remo, fune, vita austera!
a 4) Vada a scopar le piazze
Lep: Sono di illustre razza
a 4) Dunque la bocca straccinerai
Lep: Ah no signori per carità
a 4 Che dobbiam dunque far
Del perfido impostor
Lep: Solo da voi dipende
Il mio fatal destino
Da voi la grazia attende
Il palpitante cor: ——. Fugge

129

130

131

132

ux

Casanova pourrait être le père de Da Ponte, il n'a plus l'âge d'aller conquérir le Nouveau Monde. Il a rencontré à Vienne le jeune comte Joseph-Charles de Waldstein, franc-maçon féru d'ésotérisme, mais trop désinvolte pour être dupe de ses inventions. Une première fois, il a renoncé à l'accompagner dans son château de Dux en Bohême, aujourd'hui Duchcov en République tchèque. En 1785, à la mort de l'ambassadeur de Venise, sans ressources, il accepte la proposition du comte de devenir bibliothécaire au château de Dux. Plusieurs fois, il a envisagé de se retirer dans un ermitage de livres. Dans la riche abbaye suisse d'Einsiedeln, il s'était dit prêt à devenir moine : « Pour être heureux, il me paraissait qu'il ne me fallait qu'une bibliothèque, et j'étais sûr qu'on me la laisserait faire à mon choix, une fois que j'en ferais un don au monastère, ne m'en réservant que le très libre usage pendant toute ma vie. » Plus tard, à Wolfenbüttel, la célèbre bibliothèque du duc de Brunswick, dans laquelle Leibniz et Lessing ont été conservateurs, il passe une semaine merveilleuse : « J'ai vécu dans la plus parfaite paix sans jamais penser ni au temps passé, ni à l'avenir, le travail m'empêchant de connaître que le présent existait. Je vois aujourd'hui que pour être dans ce monde un vrai sage, je n'aurais eu besoin que d'un concours de fort petites circonstances. » Mais ces petites circonstances ont manqué et la course aux plaisirs a repris. À Dux, la bibliothèque a perdu pour lui une partie de son charme d'être sans surprise ni

131. Josef Arnold (1788-1879), *Portrait du comte Joseph-Charles de Waldstein*, 1812, huile sur toile.

132. Francesco Giuseppe Casanova (1727-1803), *Portrait de Giacomo Casanova âgé de 71 ans*, 1796, miniature.

133. Anonyme, *Vue du château de Dux*, XVIIIe siècle, huile sur toile.

134

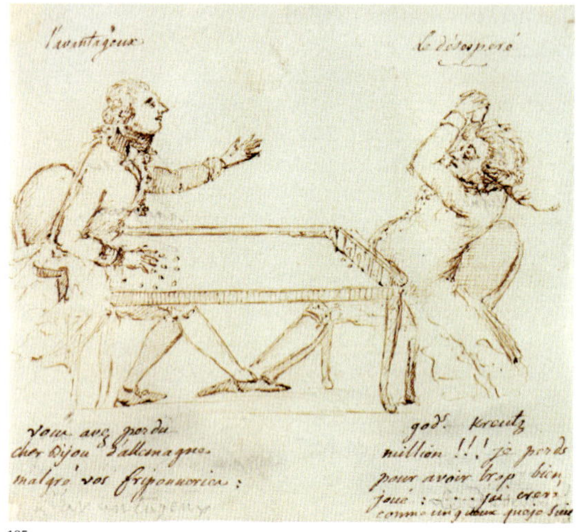

135

134. A. Dettinger, *Soirée musicale*, dessin à l'encre.
135. A. Dettinger, *Le Prince de Ligne à sa table de jeu*, dessin à l'encre.

136

perspective. Certes le château n'est pas une prison. Casanova peut s'offrir de petites évasions à Prague ou à Leipzig, à Dresde ou à Tübingen. Quand Waldstein débarque l'été, les réceptions et les fêtes se succèdent à Dux et au château voisin de Toeplitz, aujourd'hui Teplice en République tchèque, possession de la famille Clary-Aldringen, alliée aux Waldstein et aux Ligne. Casanova retrouve alors des interlocuteurs, il peut briller dans la conversation et faire montre de ses souvenirs, mais sa rhétorique, sa gestuelle et ses accoutrements prêtent à sourire. Les hivers sont difficiles, quand le bibliothécaire est en butte aux quolibets des domestiques et aux gestionnaires du domaine qui parlent tchèque ou allemand et sont sans respect ni pitié pour un chevalier de Seingalt de plus en plus pathétique. Des correspondances retrouvées dans les archives témoignent des querelles, des injures et des humiliations subies par le vieil homme. Il peut se réfugier dans

136. Anonyme, *Giacomo Casanova et Marie-Christine von Clary und Aldringen*, XVIIIe siècle, silhouette découpée.

l'écriture. Il a des correspondants de qualité : le comte Maximilien de Lamberg est un lettré, rencontré en Allemagne, et le prince de Ligne un grand seigneur amoureux lui aussi des lettres, libertin dans sa jeunesse et revenu de bien des préjugés. Casanova les amuse, les intéresse, les émeut peut-être. Lorsque la Révolution française vient casser l'Europe aristocratique francophone, il se met à incarner un monde en train de disparaître. Ligne brosse le portrait de son ami : « Ce serait un bien bel homme, s'il n'était pas laid ; il est grand, bâti en hercule ; mais un teint africain, des yeux vifs, pleins d'esprit à la vérité, mais qui annoncent toujours la susceptibilité, l'inquiétude ou la rancune, lui donnent un peu l'air féroce, plus facile à être mis en colère qu'en gaieté. » Quand il écrit, il est long, diffus et lourd, mais ses récits manifestent une telle originalité ou naïveté qu'« on ne saurait trop l'admirer ».

Le bibliothécaire de Dux ressemble à l'interné de Charenton : comme Sade, Casanova manifeste durant ses dernières années une véritable rage d'écriture. À la façon de Voltaire et Rousseau, qu'il entreprend de réfuter, il veut être philosophe, romancier, mémorialiste. À Venise, il a publié en italien. Relégué en Europe centrale, il choisit de s'exprimer en français, dans cette langue dont Rivarol proclame alors l'universalité

137

137. Anonyme, *Portrait de Charles Joseph prince de Ligne*, 1810, huile sur toile.

138

en réponse à une question de l'Académie de Berlin. Il élargit son public et, au-delà des élites aristocratiques des capitales européennes, il s'adresse à la postérité. On a longtemps négligé le travail du penseur qui restait enfoui dans les archives de Dux. On a exhumé, ces derniers temps, des manuscrits longuement travaillés et en partie inachevés. Cet inachèvement vient sans

138. Attribué à Francesco Narici (1719-1785), *Portrait* [présumé] *de Giacomo Casanova âgé de 42 ans*, vers 1760, huile sur toile.

doute de la méthode par digression. Contre les penseurs systématiques, contre les philosophes dogmatiques, Casanova exhibe l'irréductible diversité du réel. Sa façon de s'égarer dans la réflexion, de déraper d'un sujet à l'autre est le choix d'une disponibilité, conforme à son ancienne liberté de jeune homme prêt à saisir la première occasion. Comme les libertins érudits du siècle précédent, il mêle une totale indépendance d'esprit à un respect ostensible de l'autorité religieuse. De l'économie à l'esthétique, rien ne lui reste étranger.

Le Philosophe et le Théologien rappelle les dialogues pratiqués par Voltaire et Diderot. Des pages entières sont même empruntées à *L'Examen important de Milord Bolingbroke* de Voltaire. Sont aux prises le défenseur du libre examen et l'avocat de l'orthodoxie chrétienne, durant dix-huit entretiens qui traitent des grands sujets métaphysiques et religieux. Casanova s'identifie à ce philosophe cultivé et bavard qui accable son interlocuteur de toutes les contradictions du christianisme, sans conclure à l'athéisme ni même au déisme. Il entreprend également une réfutation des *Études de la nature* de Bernardin de Saint-Pierre dont il souligne les simplifications et les naïvetés, sans prétendre opposer à cet éloge d'une providence, présente dans les moindres détails de la nature, une vision aussi systématique du monde. La Mettrie, le médecin-philosophe matérialiste, a ainsi composé un *Anti-Sénèque*, aussi appelé *Discours sur le bonheur*, et Diderot exercé son esprit critique dans une réfutation linéaire d'un livre d'Helvétius. Un *Essai de critique sur les mœurs, sur les sciences et sur les arts* laisse attendre une pensée qui s'émancipe et va seule de l'avant, mais ici aussi, comme le dit l'éditeur du texte

139. Jean Huber (1721-1786), *Un dîner de philosophes ou La Sainte Cène du Patriarche*, vers 1772, huile sur toile.

Altera nunc rerum facies, me quero nec adsum
Non sum qui fueram non putor esse: fui.

JCOSAMERON
OU
HISTOIRE
D'EDOUARD,
ET
D'ELISABETH
ui passèrent quatre vingts un ans chez les
légamicres, habitans aborigènes du Protocosme
dans l' intérieur de notre globe, traduite
de l' anglois par
JACQUES CASANOVA
DE SEINGALT VÉNITIEN
docteur ès loix Bibliothécaire de Monsieur le comte
de Waldstein seigneur de Dux Chambellan
de S. M. I. R. A.

A Prague à l'imprimerie de l'école normale.

et savant casanoviste Gérard Lahouati, « Casanova hésite et tergiverse ». L'essentiel n'est pas dans la défense d'une position théorique, mais dans l'essai au sens de Montaigne, dans l'exercice de la réflexion.

Si ces textes sont restés manuscrits, l'écrivain est allé jusqu'au bout d'une longue fiction qu'il donne à l'imprimeur à Prague en 1788 : *Icosaméron ou Histoire d'Édouard et d'Élisabeth qui passèrent quatre-vingt-un ans chez les Mégamicres, habitants aborigènes du Protocosme dans l'intérieur de notre globe* se présente comme un long récit utopique. Un frère et une sœur quittent

140. Giacomo Casanova, *Icosaméron*, frontispice avec un portrait de Casanova et page de titre, Prague, 1788.

leur famille, s'embarquent, s'éloignent de leur Angleterre natale et se trouvent pris dans un tourbillon qui les mène directement au centre de la terre. Au cœur du globe, ils découvrent une population androgyne qui se reproduit mystérieusement sans différence des sexes. Le frère et la sœur, pour leur part, tranquillement incestueux, explorent ce monde aussi insolite que les pygmées et les géants visités par Gulliver dans le roman de Swift : les habitants sont *mégamicres*, grands et minuscules, chargés de montrer la relativité de nos évidences. Privés des plaisirs que le XVIIIe siècle ne nomme pas encore sexuels, ces Mégamicres en connaissent d'autres, proprement inouïs, que le romancier tente de rendre.

Ce ne sont pas des plaisirs connus, portés à une intensité maximale, ce sont des sensations qui n'ont pas de nom. Ainsi les Mégamicres se donnent mutuellement le sein et pratiquent des massages à l'aide d'herbes et de fleurs. « Les délicieux parfums de ces végétaux portèrent une nouvelle volupté dans nos âmes ; celui de nos sens qui en jouit le plus particulièrement ne fut, comme peut-être vous pensez, ni l'odorat, ni le goût, mais un sixième sens différent de tous les autres, dont l'action parvenait à notre connaissance par les moyens des nerfs, et du sang, qui en restaient pénétrés par le tact délié dont notre peau froissée était agitée. » L'époque est aux souscriptions pour financer les projets éditoriaux ambitieux. Casanova investit sur ce roman qui ne trouve guère plus de cent cinquante souscripteurs et qui le ruine. Quelques années plus tard, Rétif de La Bretonne n'aura guère plus de succès pour trouver des souscripteurs à son monumental *Monsieur Nicolas ou Le Cœur humain dévoilé*.

Aux déceptions de la vie quotidienne, aux désillusions de l'édition, il restait peut-être à opposer la gaieté de la jeunesse. Casanova n'oublie pas que le récit de ses aventures a compté parmi ses meilleurs succès mondains. S'il a su plaire à Bragadin et à ses compères, c'est qu'il leur a narré ses jeunes années : « Je les ai rendus mes amis intimes leur contant l'histoire de tout ce qui m'était arrivé jusqu'alors dans ma vie ; et assez sincèrement *quoique* non pas avec toutes les circonstances comme je viens de l'écrire pour ne pas leur faire faire des péchés mortels. » Quelques années plus tard, c'est le supérieur du riche couvent d'Einsiedeln près de Zurich qu'il s'agit de séduire. La confession se transforme en un exercice de charme maîtrisé : « Il me fit asseoir vis-à-vis de lui, et en moins de trois heures, je lui ai conté une quantité d'histoires scandaleuses, mais sans grâce, puisque j'avais besoin d'employer le style d'un repenti, quoique lorsque je récapitulais mes espiègleries je ne me trouvasse pas en état de les réprouver. Malgré cela il ne douta pas au moins de mon attrition. » Casanova se voulait *assez* sincère avec Bragadin, il évite tout cynisme triomphant avec l'abbé d'Einsiedeln, il s'exprime *sans grâce*. Les deux passages tournent autour d'un *quoique* : sincère sans pourtant entrer dans toutes les circonstances, repenti sans renoncer pourtant à tous les détails savoureux. La narration s'adapte à l'auditeur, elle se négocie entre hier et aujourd'hui, entre mémoire et réalité présente. Le reclus de Dux a besoin de ses amours anciennes pour meubler sa solitude. Il invente

141. Giacomo Casanova, notes préparatoires à la rédaction d'*Histoire de ma vie*, manuscrit.

61

L'abbé de Bernis
M. de Bragadin
M. de Boulogne
S. Germain l'adepte
Fontenelle
Crébillon
d'Alembert
Colombini
Sorrale – Ranucci – Bonafede
Morli, jeu, Richelieu, Pompadour
Marigni.
Le duc d'Elbeuf
Abbé Gabrielli
Cosin
Santis

La charpillon a Paris
Orsi
Vénitien, que...
Sabi
Nesi
Generoso Marini
sa fille
Milord Talon
Madame de Lismore
L'auberge de Cambrai
La Rozetti
M. Chabon
M. de Sartine
Madame Rugi
Madame Bruna
L'Abbate Bertelli
Gondar
Compiègne
Morli
La da Amici
Le comte de Castiglione
D. Thomas Pera
La Geronde La Motte
Garnier
Les dames que j'ai mené à l'opéra
pour gagner la gageure
Souvenir
Le militaire philosophe
n'existoit pas encore imprimé lorsque
je connaissais Mathilde, il etoit de Lilbaire
et ... après ... dit ... que c'était de S...

Materialiste a Vienne
qui vendoit a manger, et
a boire
Madame Sabatini
Gagnier
M. de Sibille
Mad. d'Argental
L'ambassadeur de France
a Constantinople dans
mon temps etoit M. de
Villeneuve
Bonneval avoit été exilé
en Asie, et on l'avoit
rapellé
Damilaville mort en 68 X
il etoit auteur du christianisme ...
voilà qui on attribuoit a B...
La galotier
Bineti, et Bine...
Binetti chez ...
Dame grosse qui
faisoit une Ophtalmie
pour tromper son mari.
J'ai couché avec l'
epouse du perruquier
me prit pour lui.

33

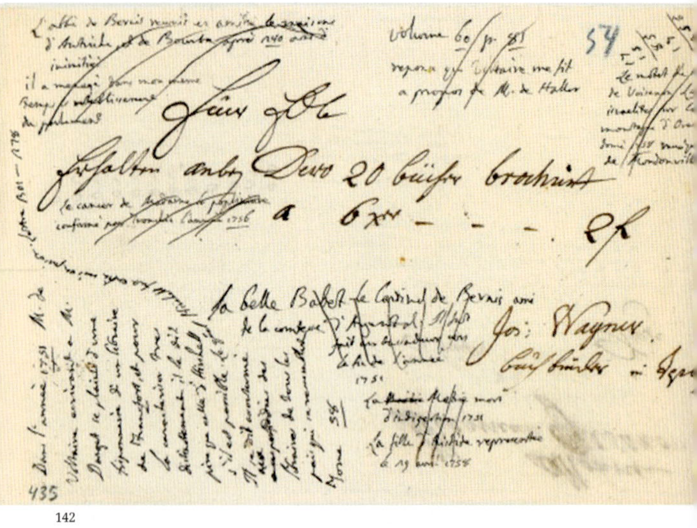

142

Casanova, au risque d'être la victime du personnage qu'il parfait alors. Restituer ses folies, les rendre parfois encore plus folles, c'est distraire le prince de Ligne et les amis auxquels il peut confier ses manuscrits, c'est s'amuser soi-même, c'est s'habiller une fois encore de ses plus beaux habits de cour pour plaire à la postérité.

Il a commencé la rédaction de ses meilleurs moments avec *Le Duel* en 1780, puis *Histoire de ma fuite des prisons de Venise, qu'on appelle les Plombs* en 1787. Il achève *Le Duel* par l'hypothèse d'un élargissement de la narration. « Que cet épisode de l'histoire de la vie du Vénitien suffise à détromper ceux qui désirent qu'il l'écrive tout entière. Qu'ils sachent bien que, s'il se décide jamais à les satisfaire, il ne saurait l'écrire

142. Giacomo Casanova, notes préparatoires à la rédaction d'*Histoire de ma vie*, manuscrit.

143. Duel entre Giacomo Casanova et Franciszek Ksawery Branicki, illustration de Fernand Schultz-Wettel pour *Les Mémoires de Giacomo Casanova*, Neufeld et Henius, 1925.

143

Double page suivante :
144. Giandomenico Tiepolo (1727-1804), *Le Monde nouveau*, 1791, fresque déposée.

autrement que de la manière dont le présent récit leur offre un échantillon. Aperçus, réflexions, digressions, menus faits, observations critiques, dialogues et soliloques, il leur faudra tout supporter d'une plume qui n'a et ne veut avoir aucun frein. » La dernière formule vaut comme une devise de l'aventurier. Qu'une vie d'errances et de libertés prises avec toutes les lois ne puisse pas s'enfermer dans un récit trop linéaire, *Le Duel* le prouve, mais Casanova se trompe sur son projet de mémoires. *Le Duel* est écrit en italien à la troisième personne, *Histoire de ma fuite des prisons de Venise, qu'on appelle les Plombs* passe au français et à la première personne : c'est ainsi que le reclus de Dux entreprend *Histoire de ma vie*, en septembre 1790. Les nouvelles qui viennent de France accentuent le sentiment du vieillissement et de la perte irréversible d'un art de vivre. Il a conservé des *capitulaires*, c'est-à-dire des notes et des lettres, il se met à rédiger « dix à douze heures par jour », et donne à lire à ses amis ce premier jet. En 1794, tandis

qu'en France, la Terreur fait table rase du passé, il corrige son manuscrit et envisage une publication. Il nomme son livre *Mémoires de ma vie écrits par moi-même à Dux en Bohême*. En 1797, nouvelle révision et nouvelle préface de ce qui prend dès lors pour titre *Histoire de ma vie jusqu'à l'an 1797*. Malgré cette dernière précision, le manuscrit s'arrête, on l'a vu, au commencement du carême de 1774. Fatigue, réalisme économique ou bien choix délibéré de se limiter à ses meilleures années ?

Le 12 mai 1797, la République de Venise perd une indépendance millénaire, la ville est occupée par l'armée de la République française, commandée par le général Bonaparte. Quelques mois plus tard, elle est livrée à l'Autriche. Une époque s'achève. Casanova entreprend une dernière conquête féminine à distance. Septuagénaire, il écrit à une jeune orpheline de bonne famille, Cécile de Roggendorff, qui a une vingtaine d'années et vient de perdre son fiancé. Elle prend le pseudo-

nyme de Zénobie, lui de Longin. Il donne des conseils moralisants. Elle lui demande des détails sur lui, il envoie un *Précis de ma vie* de quelques pages. Il distrait encore du temps pour achever et publier *À Léonard Snetlage, docteur en droit de l'Université de Göttingue*, essai qu'il signe «Jacques Casanova, docteur en droit de l'université de Padoue». Snetlage a proposé un dictionnaire des néologismes introduits par la Révolution. S'il accepte certains termes nouveaux comme *immoral* et *immoralité*, Casanova se déchaîne contre *incarcérer* à la place d'*emprisonner*, *se suicider* qui est un pléonasme, et pourquoi pas *fratricider* ou *régicider*? Il ne peut savoir que Sade au même moment invente *parricider*. Dans son dernier pamphlet, Casanova se réaffirme écrivain d'expression française et libertin conservateur. La maladie assombrit ses derniers mois, il meurt le 4 juin 1798. Il lègue à un neveu par alliance les cahiers de ses mémoires qui comptent près de quatre mille pages.

Les aventures de Giacomo sont terminées, commencent celles du manuscrit. Il reste dans la famille qui finit par le vendre en 1821 à un éditeur de Leipzig, Friedrich Arnold Brockhaus. Celui-ci décide d'en tirer une version allemande expurgée. Il confie la tâche à un écrivain, Wilhelm von Schütz, qui remanie l'organisation générale du texte. L'édition de 1822 à 1828 remporte un franc succès et inspire à un libraire parisien une libre

145. Milo Manara, *Casanova*, 2000, lithographie.

Aus
den Memoiren
des
Venetianers
Jacob Casanova de Seingalt,
oder
sein Leben,
wie er es zu Dux in Böhmen niederschrieb.

Nach
dem Original-Manuscript bearbeitet
von
Wilhelm von Schütz.

Erster Band.

Leipzig:
F. A. Brockhaus.
1822.

146

146. Page de titre de *Aus den Memoiren des Venetianers Jacob Casanova de Seingalt,* volume I, F. A. Brockhaus, 1822.

147. Page de titre de *Mémoires de J. Casanova de Seingalt écrits par lui-même,* F. A.Brockhaus – Ponthieu et comp., Paris, 1826.

retraduction française de l'adaptation allemande : elle paraît de 1825 à 1828. Ce type de manipulation n'a rien d'exceptionnel à l'époque. Le prince de Ligne qui a conseillé Casanova et rédigé parallèlement ses propres mémoires meurt en 1814. Il n'est pas mieux traité que le prétendu chevalier. Ses cahiers sont vendus dès l'année suivante à un éditeur de Stuttgart, Johann Friedrich Cotta, qui charge un diplomate de préparer une version convenable et édulcorée des *Fragments de l'histoire de ma vie*. Elle est la seule connue avant une édition tardive du manuscrit. La publication du texte de Casanova se révèle plus riche en rebondissements. Le succès de la retraduction française de l'adaptation de Schütz suggère à Brockhaus de publier son manuscrit original, toiletté par un homme de lettres français installé en Allemagne : Jean Laforgue transforme profondément le texte. Chantal Thomas a fait la liste des censures qu'il lui impose : tout ce qui concerne l'homosexualité et en particulier une grande scène avec un ami turc, ce qui touche au corps et à ses sécrétions, à la sueur et aux larmes. Jean Laforgue ne saurait supporter telle déclaration de la préface : « Pour ce qui regarde les femmes, j'ai toujours trouvé que celle que j'aimais sentait bon, et plus sa transpiration était forte plus elle me semblait suave. » Selon Casanova, un parfum discret est un parfum vaincu (Ch. Thomas), Laforgue déodorise.

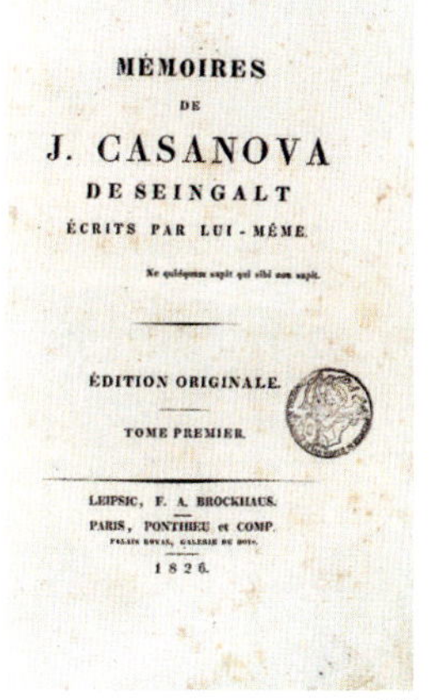
MÉMOIRES
DE
J. CASANOVA
DE SEINGALT
ÉCRITS PAR LUI-MÊME.

ÉDITION ORIGINALE.

TOME PREMIER.

LEIPSIC, F. A. BROCKHAUS.
PARIS, PONTHIEU et COMP.
1826.

147

148

Les tomes de cette édition parurent à Leipzig, à Paris, puis à Bruxelles, pour éviter trop de scandale, de 1826 à 1838. L'adaptation de Laforgue s'est imposée pendant un siècle et demi. Le texte en est repris dans la belle édition de La Sirène, remarquablement annotée (1924-1935), et même dans une première édition de la Pléiade (1958-1960). Les spécialistes savaient le manuscrit conservé par la maison Brockhaus sensiblement diffé-

148. Lecture du manuscrit d'*Histoire de ma vie* de Casanova chez l'éditeur allemand Brockhaus, vers 1964.

rent, mais rares étaient ceux qui avaient été autorisés à le lire. Il avait été sauvé de la destruction pendant la guerre et transféré en 1945 de Leipzig à Wiesbaden. Il aurait pu disparaître sous les bombes comme la collection Rothschild de toiles de Chardin ou les opéras manuscrits d'Albinoni. Il restait caché. Claude Roy disait encore du mémorialiste en 1953 : « Vivant, il fut captif sous les plombs de Venise. Mort, il est prisonnier de l'acier des coffres-forts allemands. » Le choc fut d'autant plus grand quand parut l'édition Brockhaus-Plon en 1960-1962 qui fournissait un texte authentique, mais encore découpé selon une scansion étrangère à l'auteur. On pouvait enfin lire Casanova avec son accent italien, son rythme de voix, ses détails sensuels et ses insolences. C'est ce texte que la collection « Bouquins » diffusera en 1993. Et la sensation fut non moins profonde, un demi-siècle exactement plus tard, en 2010, à l'acquisition du manuscrit par la Bibliothèque nationale de France, dirigée par Bruno Racine, et à sa rapide numérisation qui permit à chacun un contact direct avec une écriture et un style. Une grande édition fut lancée dans la «Bibliothèque de la Pléiade». « Bouquins » ne fut pas en reste.

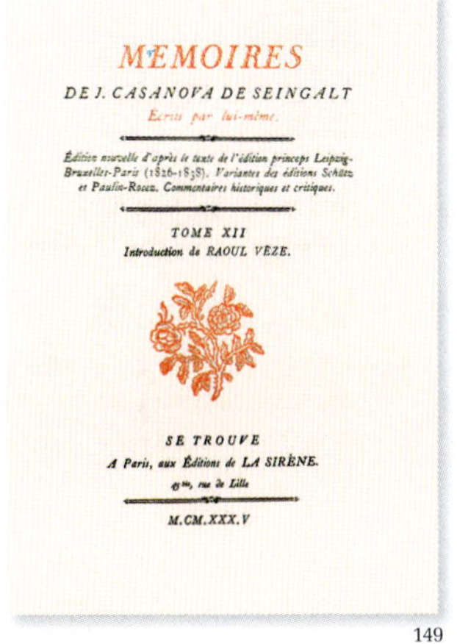

MEMOIRES

DE J. CASANOVA DE SEINGALT

Écrits par lui-même.

Édition nouvelle d'après le texte de l'édition princeps Leipzig-Bruxelles-Paris (1826-1838). Variantes des éditions Schütz et Paulin-Rozez. Commentaires historiques et critiques.

TOME XII

Introduction de RAOUL VÈZE.

SE TROUVE

A Paris, aux Éditions de LA SIRÈNE.

45ᵗᵉʳ, rue de Lille

M.CM.XXX.V

149

149. *Mémoires de J. Casanova de Seingalt écrits par lui-même*, Éditions de La Sirène, tome XII, 1935, couverture.

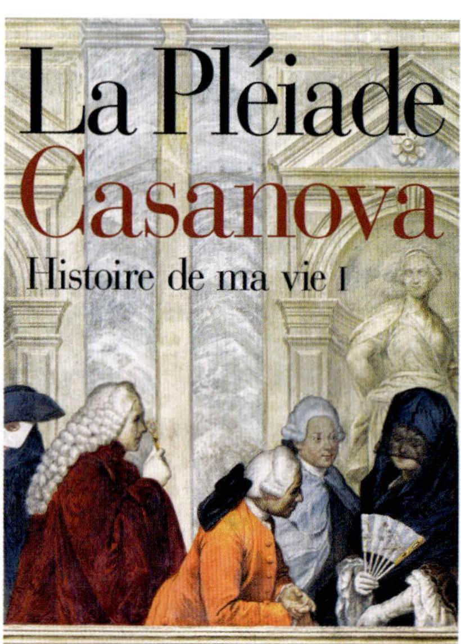

150

151

152

150. Affiche pour la sortie de la nouvelle édition d'*Histoire de ma vie*, «Bibliothèque de la Pléiade», Gallimard, 2013.

151. J. Rives Childs, *Casanova*, Jean-Jacques Pauvert, 1962.

152. J. Rives Childs, *Casanova, A New Perspective*, A Giniger Book/Paragon House, 1988.

153. *Pages casanoviennes, Le Duel ou Essai sur la vie de J. C. vénitien*, Librairie de la Société casanovienne, 1925.

154. Édouard Maynial et Raoul Vèze, *La Fin d'un aventurier, Casanova après les mémoires,* Mercure de France, 1952.

Lecteurs

La réception de l'aventurier est rythmée par ces moments successifs. Les premières éditions françaises frappent la génération romantique. Sainte-Beuve, Stendhal, Musset rédigent des comptes rendus. Ils saluent « une force qui va ». Sainte-Beuve définit Casanova comme celui qui ne dit jamais *non*, qui s'exhibe élégamment et qui dans un âge avancé sait recommencer sa jeunesse. Il lui trouve « le ton de Boccace ou d'Arioste, un style de Pétrone et d'Apulée ». Stendhal aime l'énergie de l'homme et moins le style de l'écrivain. Musset admire son activité, sa vigueur, son invention, son intrépidité : « Non seulement jamais il n'hésita, mais jamais il ne pensa qu'il pût hésiter. » Ses compromissions ne sont que les suites d'une naissance obscure. Quelques générations plus tard, André Suarès se sent pris de sympathie à son tour pour ce païen en bonne santé, ce don Priape en personne, ce mâle hyperbolique. Il comprend la réticence de Stendhal : « Entre Stendhal et Casanova, il y a l'abîme qui sépare le plaisir de la passion. » Pierre Louÿs transforme l'épisode de la Charpillon en un grand roman de la dépendance, *La Femme et le Pantin*. Ce sont des écrivains qui saluent le mémorialiste, ignoré de l'histoire littéraire universitaire. Ils sont rejoints par des amateurs

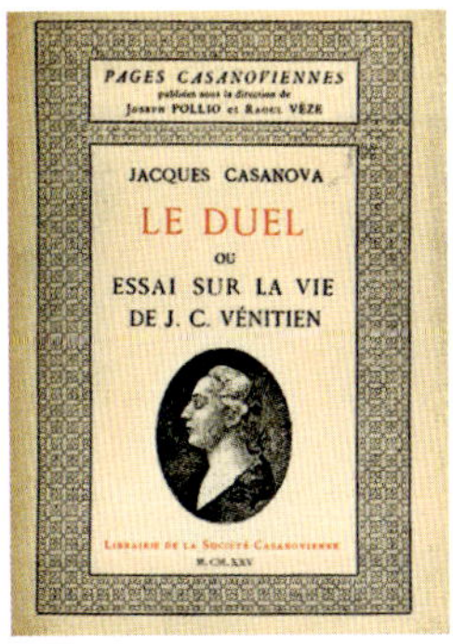

153

154

et des historiens qui s'interrogent sur la réalité des souvenirs de l'aventurier. Ils fouillent les archives, recherchent des témoignages pour conforter le texte. Ils veulent donner un état civil aux personnages féminins, masqués par un pseudonyme, ils nourrissent l'annotation des éditions. Les hypothèses autour de l'identité de C. C. et de M. M., d'Henriette et de Pauline sont fascinantes, dignes des hypothèses archéologiques pour situer Troie sur une carte géographique ou pour retrouver le tombeau d'Alexandre. Les casanovistes se constituent en réseaux cosmopolites, se retrouvent à Venise, remettent leurs pas dans ceux du voyageur, polémiquent sur des détails. Ils ont leurs périodiques : les *Pages casanoviennes*, publiées à Paris par Joseph Pollio et Raoul Vèze (1925-1926), les *Casanova Gleanings* à Nice par James Rives Childs, puis par Francis L. Mars (1958-1980), *L'Intermédiaire des casanovistes* à Genève par Furio Luccichenti et Helmut Watzlawick (1984-2014). Les biographies ne sont plus seulement des démarquages des mémoires. Édouard Maynial (1910), Charles Samaran (1914), James Rives Childs (1961) s'interrogent sur les distorsions entre le manuscrit et les documents d'archives. Leurs études ont fait date, réimprimées, augmentées, traduites.

L'édition Brockhaus-Plon en 1960-1962 a donné une visibilité nouvelle à l'écrivain. On découvrait une langue originale, inventive, sensuelle, charnue, un cynisme tranquille et chatoyant. Se révélait aussi l'homme de culture et de pensée, familier des classiques latins, épris de l'Arioste et du Tasse, lecteur attentif de l'*Encyclopédie* et réfutateur de Voltaire. Le séducteur n'occultait plus l'écrivain. Dans l'après-guerre, les

155. Francesco Casanova (1727-1803), *Casanova*, vers 1751, crayons.

156

tensions idéologiques mobilisaient la critique. Les hussards ferraillaient contre Sartre et Félicien Marceau se montrait compréhensif pour l'adversaire de Voltaire. L'«anti-don Juan» qu'il donne à voir en 1954 est un libertin qui s'accommode des pouvoirs et de l'Église, c'est un contre-révolutionnaire qui a du style. Alors que Robert Abirached dénonce la «dissipation» du Vénitien (1961), il décèle chez lui un vide essentiel, une inconscience et une irresponsabilité. Federico Fellini (*Casanova*, 1976) est marqué par ce portrait du Vénitien en marionnette du désir. La fin des «grands discours» du postmodernisme incline à plus d'indulgence. L'aventurier fait l'actualité grâce à son bicentenaire en 1998 et à l'entrée en fanfare de son manuscrit à la Bibliothèque nationale de France, douze ans plus tard. Des expositions le célèbrent à Venise et à Paris. Les belles thèses de Marie-Françoise Luna («Casanova mémorialiste», 1997) et de Gérard Lahouati («L'idéal des Lumières dans l'*Histoire de ma vie* de Jacques Casanova de Seingalt», 1988) permettent à l'université de rattraper son retard. François Roustang le psychanalyste (*Le Bal masqué de Giacomo Casanova*, 1984) et Jean-Didier Vincent le biologiste (*Casanova, la contagion du plaisir*, 1990) découvrent un joueur de bon-

156. Statue de Casanova, Venise.

157. Federico Fellini, *Casanova*, dessin préparatoire pour le personnage de son film *Casanova*, 1976.

neteau qui embrouille les certitudes de Pasteur et de Freud. François Roustang le montre qui ruse avec la différence des sexes, louvoie avec l'autorité et cherche à échapper au temps. Le style devient une arme et la confusion un art de vivre. Jean-Didier Vincent suit en parallèle une réflexion d'aujourd'hui sur la vie et la maladie et le grand art du Vénitien à transformer ses véroles en parenthèses hygiéniques. Philippe Sollers (*Casanova l'admirable*, 1998) s'enchante d'un artiste qui met en scène sa propre existence : celui qui a vécu au rythme syncopé de ses caprices, a échappé aux Plombs et à toutes les geôles de l'identité. Il suit dans une lumière stroboscopique les aventures du Vénitien. Chantal Thomas et Lydia Flem disent en tant que femmes que Giacomo est leur ami, leur complice. Chantal Thomas (*Casanova. Un voyage libertin*, 1985) souligne son goût pour ce qui brille et son sens de la mode. Son existence, selon Lydia Flem, est un «exercice du bonheur» (1995), elle salue son entêtement à saisir le plaisir et à l'accepter dans ses variations selon les âges.

158

La réception française ne doit pas faire oublier que le courtisan de Vienne et de Varsovie, de Berlin et de Pétersbourg, l'hôte du comte Waldstein appartient à l'Europe centrale dans le brassage des peuples et le tremblement des frontières. Poètes et romanciers de cet espace polyglotte font de l'aventurier celui qui échappe aux pesanteurs et aux conformismes de

158. Chantal Thomas, *Casanova. Un voyage libertin*, couverture, Éditions Gallimard, collection « Folio », 1998.

159. Lydia Flem et Philippe Sollers devant le manuscrit de Casanova, Bibliothèque Médicis, mars 2010.

la société bourgeoise, celui qui sait vivre ses rêves, mais qui s'y enferme peut-être. Hugo von Hofmannsthal transpose l'épisode des retrouvailles avec Thérèse-Bellino dans *L'Aventurier et la Chanteuse* en 1899 et celui de la villageoise venue chercher un mari à Venise dans *Le Retour de Christina* en 1910. Il exalte l'insouciance ou l'inconscience d'une Belle Époque où la Vienne du temps se reconnaît dans la Venise du XVIIIe siècle, tandis que les femmes séduites se réalisent en dehors de leur séducteur. Hermann Hesse (*La Conversion de Casanova*, 1906) se contente de reprendre l'épisode du couvent suisse. Quelques années plus tard, surviennent la guerre et bientôt la fin de l'Empire austro-hongrois. Arthur Schnitzler, dans *Le Retour de Casanova* (1918), raconte comment l'aventurier se survit à lui-même : dans l'attente d'une autorisation pour rentrer à Venise, il ne séduit une jeune fille que par subterfuge, en se faisant passer pour un jeune amant et se bat en duel à l'aube avec cette image de ce qu'il a été autrefois;

il a déjà renoncé à lui-même. Autour de la même figure du Vénitien, Apollinaire, le poète français, né à Rome d'une mère polonaise, compose son *Casanova, comédie parodique* en trois actes et Marina Tsvetaïeva, la poétesse russe, écrit deux pièces qui mettent successivement en scène le jeune séducteur (*Une aventure*) et le vieux bibliothécaire (*Le Phénix*). Ils assurent une revanche poétique du Vénitien.

En 1918, dans la guerre qui dure, Apollinaire adopte un style d'opéra-bouffe, bousculé par les Ballets russes.

160. George Barbier (1882-1932), *Un salon dans une hôtellerie à Venise*, décors, pochoir.

Il restitue une Europe libertine qui n'existe peut-être déjà plus. Casanova chante son portrait en séducteur :

Don Juan
Était tragique et triste
Ainsi qu'un chat-huant.
Longue est la liste
De celles qui moururent pour lui.
Mais moi je ne fais pas de victimes
Je suis le plaisir et non l'ennui
Je commets des péchés, non des crimes.
Je suis gai, tendre et charmant
Je suis le meilleur des amants
Car j'aime légèrement.

Durant l'hiver 1918-1919, dans le nouvel État soviétique, Marina Tsvetaïeva consacre la première de ses pièces au séducteur, mais imagine dans la seconde le vieillard de Dux qui finit par échapper au « sommeil éternel de plusieurs milliers de livres » et au fouillis de ses manuscrits pour partir dans la tempête de neige, après un ultime dialogue avec une fillette de treize ans. Elle l'affuble d'un habit violet, de chaussures à talons rouges, « sur le fil subtil qui sépare la grandeur du grotesque ». Elle a déplacé l'année de la mort de celui qui incarne l'esprit de poésie et de résistance, pour la faire coïncider avec la fin du XVIIIe siècle. Dans la guerre et la révolution, Casanova aide les poètes à rêver.

En 1928, Stefan Zweig associe l'aventurier à Stendhal et à Tolstoï, comme trois inventeurs de leur vie, trois individus attachés à se réaliser. Il ne lésine pas sur les superlatifs : « En dépit de tous les poètes et de tous les penseurs, l'univers n'a depuis lors inventé aucun roman plus romanesque que sa vie, ni aucune figure plus fantastique et vivante que la sienne. » Se fondant sur la version de Laforgue, Zweig présente cet *homo eroticus* comme amoureux de toute femme, mais incapable de concevoir un désir qui ne soit pas pour l'autre sexe. Dans le texte d'origine, il aurait découvert une joyeuse confusion des sentiments propre à cet amant polymorphe. En 1940, l'écrivain hongrois Sándor Márai publie *La Conversation de Bolzano*. Le fugitif des Plombs vient d'arriver dans l'Empire autrichien, il est pressé de se remettre à vivre, mais il est déjà confronté à son mythe. Les femmes du bourg viennent l'observer dans son sommeil : « Cet homme-là assurément n'était pas beau : il était plutôt laid, parfaitement différent des hommes qui plaisent aux femmes, et sur son visage mal rasé apparaissait, tandis qu'il dormait, ce trait dur et indifférent… comme si une crampe ou une contraction de colère avait tendu les muscles autour de sa bouche. » Un noble, ancien rival, vient lui proposer un marchandage. Casanova a recouvré la liberté physique et perdu toute innocence. On rattachera à l'Europe centrale un roman français de 1948, construit sur un thème casanovien, *La Rose de Bratislava* d'Émile Henriot. Le narrateur part sur les traces d'un autre manuscrit des mémoires, fait la connaissance de collectionneurs, d'espions allemands, d'aristocrates à l'ancienne et d'aventurières qui perpétuent le souvenir du Vénitien, mais le château où était conservé le précieux document est finalement la proie des flammes. Après la Seconde Guerre mondiale, la vieille Europe de Casanova, cassée en deux par le rideau de fer, semble avoir vécu. L'anglais et le russe remplacent le français des élites d'autrefois.

mages

L'Europe moderne a suscité peu de mythes. Casanova en est pourtant un, mythe de la séduction amoureuse peut-être, mais surtout de l'individu et de l'identité. Quel est le moi qui traverse la dispersion des masques et des corps étreints, qui s'étourdit dans un carnaval interminable? Le graphomane de Dux est-il la même personne que le séducteur de Murano et le fugitif des Plombs? Le mythe a suscité des récits en mots et en images. Les maîtres de l'illustration se sont pressés dans l'entre-deux-guerres pour accompagner les éditions d'*Histoire de ma vie* : George Barbier, Gerda Wegener, Sylvain Sauvage ou Auguste Leroux. L'iconographie comptait parfois plus que le texte abrégé et remanié, elle reprenait les scènes de Pietro Longhi et de Francesco Guardi dans le goût des Arts décoratifs. Les aquarelles de Jacques Touchet tout au long de douze volumes en 1950 ont la couleur du carnaval et la fluidité de l'eau qui miroite ou du temps qui s'écoule.

Cet imaginaire qui transforme Casanova en un nom commun est également modelé par le cinéma.

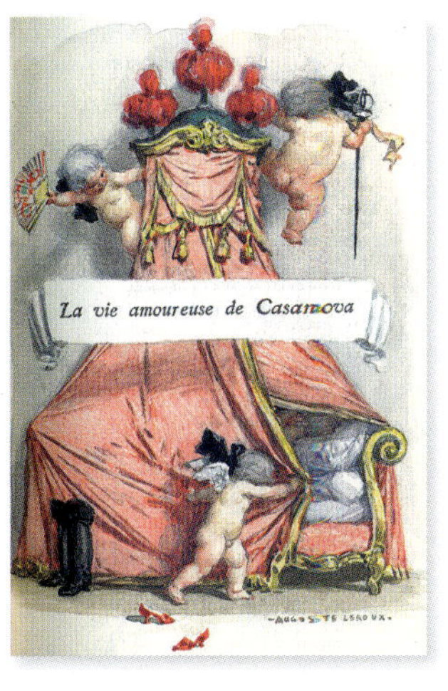

161. Maurice Rostand, *La Vie amoureuse de Casanova*, Flammarion, 1926. Exemplaire aquarellé par Auguste Leroux.

162

162. Gerda Wegener (1886-1940), illustration pour *Une aventure d'amour à Venise*, aquarelle gravée sur bois en couleurs, Éditions Georges Buffart, 1927.

163. George Barbier (1882-1932), illustration pour *Les Plus Belles Heures d'amour de Casanova*, gravure sur bois, Crès, 1921.

164

164. Vincente Minnelli (1903-1986), illustration pour *Mémoires*, Éditions Joseph Monet, New York, 1930.

165

165. George Barbier (1882-1932), illustration pour *Les Plus Belles Heures d'amour de Casanova*, gravure sur bois, Crès, 1921.

166

166. Ivan Mosjoukine dans le rôle de Casanova dans le film d'Alexandre Volkoff, *Casanova*, 1927.

167

Le cinéma muet s'empare du personnage. En 1927, le Russe Alexandre Volkoff, réfugié à Paris, exprime toute sa nostalgie d'une Russie qui a disparu dans la Révolution, à travers le portrait de l'aventurier joyeux et acrobate, se déchaînant à Saint-Pétersbourg. Le son et la couleur mettent ensuite leurs ressources au service de l'infatigable séducteur, en costume du XVIIIe siècle (*Casanova* de Steno en 1955, *Casanova* de Simon Langton en 1987 avec Richard Chamberlain, le nom alors suffit pour seul titre) ou transposé au XXe siècle (*Casanova le petit* de Sam Wood en 1944, *Casanova 70* de Mario Monicelli en 1965 avec Marcello Mastroianni). L'inquiétude et les failles se laissent bientôt sentir. François Legrand dans *13 femmes pour Casanova* en 1976 fait s'évader de prison un libertin devenu impuissant et remplacé dans les alcôves par

167. Ivan Mosjoukine (Casanova) et Diana Karenne (Maria Mari) dans le film d'Alexandre Volkoff, *Casanova*, 1927.

168 

un petit escroc qui passe pour lui. Luigi Comencini, dans *Casanova, un adolescent à Venise* en 1969, montre Casanova avant Casanova : sa fresque de la société, le poids de l'Église et des grandes familles expliquent la formation de l'aventurier. Avec le film de Comencini, l'Italie se réapproprie le personnage. Édouard Niermans, adaptant Schnitzler dans *Le Retour de Casanova* en 1992, fait jouer à Alain Delon un séducteur dépassé par sa légende : Casanova survit à Casanova. Federico Fellini surtout s'est attaqué en 1976 à la version souriante du mythe pour dévoiler un suborneur réduit à sa propre marionnette : mécanique répétitive et désincarnée. Casanova n'est plus le décalé, le résistant, le réfractaire, celui qui inspire les poètes,

168. Claudio De Kunert (Casanova enfant) et Maria Grazia Buccella (Zanetta) dans le film de Luigi Comencini, *Casanova, un adolescent à Venise*, 1969.

169. Alain Delon dans le rôle de Casanova dans le film d'Édouard Niermans, *Le Retour de Casanova*, 1992.

169

170 à 172. Photographies du film de Federico Fellini, *Casanova Fellini*, 1976.

Double page suivante :
170. Donald Sutherland (Casanova) et Tina Aumont (Henriette).

171. Donald Sutherland (Casanova) et Adele Angela Lojodice (le pantin de bois).
172. Donald Sutherland (Casanova) et Cicely Browne (la marquise d'Urfé).

il devient le mâle égoïste prôné par les régimes patriarcaux et autoritaires, celui dont s'autorisent les prédateurs.

Quelques films enfin essaient d'échapper au dilemme de l'éternel adolescent ou du retraité, de l'amant séduisant ou du corrupteur qui ne sait que payer et prendre. Dans *La Nuit de Varennes* (1982), Ettore Scola fait suivre la fuite de la famille royale par deux témoins privilégiés : Rétif de La Bretonne, joué par Jean-Louis Barrault, et Casanova, interprété par Marcello Mastroianni. Les deux écrivains vieillissants ont un moment de complicité, mais l'un et l'autre sont prisonniers de leur pauvreté. Le séducteur n'est que l'invention des attentes féminines, il est ramené à Dux comme le roi à Paris. Le *Casanova* de Lasse Hallström (2005) essaie bien de réhabiliter le Vénitien, en le faisant tomber amoureux d'une jeune femme intelligente, mais la désinvolture cynique se perd dans les bons sentiments. Carlos Saura est moins schématique dans *Don Giovanni, naissance d'un opéra* (2010), qui exploite l'hypothétique participation de Casanova à la gestation de l'opéra. Il confronte deux libertins de générations différentes, mais une continuité naît de Casanova à Da Ponte, de Da Ponte à Mozart, et les petites misères du quotidien sont sublimées par la musique. L'étonnant film réalisé par le jeune cinéaste catalan Albert Serra, *Histoire de ma mort* (2013), souligne la dimension européenne du mythe. Les châteaux de Bohême ne sont plus si éloignés des monts de Transylvanie. L'Europe centrale est hérissée de forêts et de grottes où se célèbrent des cultes archaïques. Casanova, le sensuel, le gourmand, le libertaire s'y perd au pays de Dracula. Les deux figures s'opposent, qui sont deux formes de possession : par le plaisir ou par l'hypnose. Casanova incarne les Lumières,

173. Marcello Mastroianni dans le rôle de Casanova dans le film d'Ettore Scola, *La Nuit de Varennes*,1982.

il professe un rationalisme jouisseur, Dracula un romantisme des instincts, il annonce l'obscurantisme et le refoulement. Dans *Casanova Variations* (2014) de Michael Sturminger, John Malkovich joue le séducteur fatigué, entre les scènes racontées par l'aventurier et les airs imaginés par Mozart.

Ce sont les mots d'*Histoire de ma vie* qui ont éveillé tant de rêves et d'images. Giacomo s'y est mis en scène dans une chasse permanente au plaisir à laquelle, le bel âge révolu, il ne renonce pas sans mélancolie. Seul le récit des folies passées peut devenir une forme nouvelle de folie. Casanova refuse de faire de l'autobiographie une introspection douloureuse, une confession mortifiante, un inventaire avant décès. Promise jusqu'en 1797, *Histoire de ma vie* s'achève bien avant, elle évite toute plainte prolongée. Les réflexions moralisantes s'y évaporent dans le travail romanesque de réinvention du passé. Elle est tout aussi sincère et authentique qu'une déclaration d'amour à une personne désirée, que la volonté de jouir à tout prix du moment présent. Elle se moque de nos minutieuses et subtiles distinctions entre autobiographie et autofiction. Si le mythe se reconnaît à l'impossibilité d'être réduit à un quelconque discours simplificateur, la figure du chevalier de Seingalt s'impose par son ambivalence : porte-parole des Lumières ou bien d'un Ancien Régime tourné vers le passé, réfractaire ou conformiste, mâle possessif ou bien amant rêvé, dissipateur de lui-même ou bien comédien réinventant chaque soir son personnage. C'est en tout cas, avec son accent vénitien, ses souvenirs d'Horace et de l'Arioste, un écrivain français majeur qui a fait découvrir à notre littérature l'odeur forte des corps en sueur et la cuisine épicée de l'amour.

174. Giandomenico Tiepolo (1727-1804), *La Balade à trois*, fresque.

Remerciements

Cet album n'existerait pas sans l'amitié de Jean-Pierre Dauphin et d'Hugues Pradier qui m'ont proposé de recommencer avec Casanova l'expérience déjà tentée avec Diderot, ni sans la bienveillance d'Antoine Gallimard qui a bien voulu se prêter au jeu.

Sa réalisation doit beaucoup à la compétence et à la bonne humeur d'Anne Lemaire et de Claire Balladur. Erica Charavet, Pierre Granet et Jocelyne Moussart n'ont pas ménagé leur temps pour relire et améliorer le texte. J'ai été aidé par la générosité des éditeurs de Casanova, Marie-Françoise Luna, Gérard Lahouati et Jean-Christophe Igalens, attentifs et prompts au partage.

J'ai également profité de l'aventure casanovienne menée avec mes amis italiens, Michèle Sajous et Domenico D'Oria. Nous avons travaillé sur les illustrations des éditions de l'*Histoire de ma vie* et imaginé l'exposition «Casanova à Venise» dont le catalogue a été accueilli chez Lineadacqua.

Pierre Bergé m'a ouvert princièrement les portes de sa bibliothèque, Michel Scognamillo m'en a révélé les trésors et Naomi Wenger en a pris des photos.

Jean-Étienne Huret m'a signalé et a mis à ma disposition un exemplaire unique de *La Vie amoureuse de Casanova* aquarellé par Auguste Leroux. Claude Leroy, vieux complice nanterrois, nous a prêté son édition de La Sirène.

Que tous trouvent ici l'expression de ma vive reconnaissance.

TABLE DES ILLUSTRATIONS

Les documents présentés dans cet album ne peuvent faire l'objet d'aucune reproduction, même partielle, sans autorisations des ayants droit, collectionneurs ou photographes.

Les numéros des légendes sont imprimés en chiffres arabes dans le caractère du texte.

1. *Portrait de Casanova à l'âge de 63 ans,* frontispice de l'*Icosaméron*, 1788, gravure d'après L. Barka. Coll. part. © Scala, Florence.
2. Pietro Falca, dit Pietro Longhi (1702-1785), *La Vendeuse d'essences*, huile sur toile, 61 x 51 cm. Ca'Rezzonico, musée du XVIIIe siècle vénitien, Venise. © Alinari/Roger Viollet.
3. Francesco Guardi (1712-1793), *Le Grand Canal près de l'église San Geremia* (détail), vers 1760, huile sur toile, 71,5 x 120 cm. Bayerische Staatsgemäldesammlungen, Alte Pinakothek, Munich. © BPK, Berlin, distr. RMN-Grand-Palais/ Image BStGS.
4. Frontispice de la partition des *Fêtes vénitiennes*, opéra-ballet en un prologue et cinq entrées du compositeur André Campra (1660-1744) sur un livret d'Antoine Danchet (1671-1748), 1710. Gravure de Gérard Jean-Baptiste Scotin. Bibliothèque-musée de l'Opéra, Paris. © Bibliothèque nationale de France (BnF), Paris.
5. D'après Jean-Marc Nattier (1685-1766), *Le Duc de Richelieu, maréchal de France* (détail), huile sur toile, 81 x 60,5 cm. Wallace Collection, Londres. © The Wallace Collection, Londres, distr. RMN- Grand Palais/The trustees of the Wallace collection.
6. François Boucher (1703-1770), *La Marquise de Pompadour* (détail), huile sur toile, 60 x 45 cm. Musée du Louvre, Paris. © Thierry Le Mage/RMN-Grand-Palais (musée du Louvre).
7. Nicolas Lancret (1690-1743), *La Camargo dansant*, vers 1730-1731, huile sur toile, 45 x 54 cm. Musée des Beaux-Arts, Nantes. © Gérard Blot/RMN-Grand-Palais.
8. Giacomo Casanova, *Histoire de ma vie*, 1789-1798, tome I, chapitre I, folio 13 recto, manuscrit. Bibliothèque nationale de France, Paris, NAF 28604 (1). © BnF, Paris.
9. Pietro Falca, dit Pietro Longhi (1702-1785) (atelier), *La Collation avec les masques*, huile sur toile. Musei Civici Veneziani-Casa di Carlo Goldoni, Venise. © Aisa/Leemage.
10. Luca Calenarijs (1663-1729), *Vue du palais Malipiero à San Samuele sur le Grand Canal*, vers 1716, gravure. Coll. part. © Archives Éditions Gallimard.
11. Bernardo Bellotto, dit Canaletto

le Jeune (1720-1780), *Paysage dans la lagune avec une maison et un campanile*, 1737-1741, huile sur toile. Galerie des Offices, Florence. © Archives Alinari, Florence, distr. RMN-Grand-Palais/Georges Tatge.

12. Gaetano Zompini (1700-1778), *Le Montreur de marmotte*, eau-forte du recueil *Le arti che vanno per via nella citta di Venezia*, 1785. Bibliothèque nationale de France, département des Estampes et de la Photographie, Paris. © BnF, Paris.

13. Francesco Giuseppe Casanova (1727-1803), *Le Dîner du peintre*, vers 1760, gravure, 50 x 65 cm. Bibliothèque nationale de France, département des Estampes et de la Photographie, Paris. © BnF, Paris.

14. C. F. Boëtius d'après Anton Raphael Mengs (1728-1779), *Portrait de Giovanni-Battista Casanova*, gravure. Coll. part. © Archives Charmet/Bridgeman images.

15. Anonyme, *Université de Padoue, Palazzo del Bo*, gravure, XVIIIe siècle. Coll. part. © Archives Éditions Gallimard.

16. Giacomo Casanova, *Histoire de ma vie*, 1789-1798, tome I, chapitre VIII, folio 125 verso (extrait), manuscrit. Bibliothèque nationale de France, Paris, NAF 28604 (1). © BnF, Paris.

17. Giovanni Paolo Panini (1691-1765), *Le pape Benoît XIV visite la fontaine de Trevi à Rome*, vers 1750, huile sur toile, 74 x 100 cm. Musée Pouchkine, Moscou. © Fine ArtImages/Leemage.

18. Giovanni Battista Piranesi, dit le Piranèse (1720-1778), *Vue de la place Navona à Rome*, 1751, eau-forte, 41 x 54,5 cm. Coll. part. © Christie's/Bridgeman images.

19. École italienne, *Portrait du cardinal Troiano Acquaviva d'Aragona* (1697-1747), XVIIIe siècle, huile sur toile. Basilica di Santa Cecilia in Trastevere, Rome. © Luisa Ricciarini/Leemage.

20. Jean-Étienne Liotard (1702-1789), *Portrait en buste du comte Charles-Alexandre de Bonneval dit Ahmet Pacha*, contre-épreuve, pierre noire et sanguine, 20 x 14,5 cm. Musée du Louvre, DAG, Paris. © RMN-Grand-Palais (musée du Louvre)/ Michèle Bellot.

21. Francesco Giuseppe Casanova (1727-1802), *Audience accordée par le Grand Vizir Aimoli-Carac à Monsieur le comte de Saint-Priest le 18 mars 1779*, huile sur toile, 151 x 230 cm. Châteaux de Versailles et de Trianon, Versailles. © Château de Versailles/Bridgeman images.

22. Giacomo Casanova, *Histoire de ma vie*, 1789-1798, tome I, chapitre XIII, folio 187 recto (extrait), manuscrit. Bibliothèque nationale de France, Paris, NAF 28604 (1). © BnF, Paris.

23. École italienne, *Vue de Corfou*, XVIIIe siècle, huile sur toile. Museo storico navale, Venise. © Cameraphoto/Akg images.

24. Gaetano Zompini (1700-1778), *Le Porteur de lanterne*, eau-forte du recueil *Le arti che vanno per via nella città di Venezia*, 1785. Bibliothèque nationale de France, département des Estampes et de la Photographie, Paris. © Luisa Ricciarini/Leemage.

25. Francesco Guardi (1712-1793), *Le doge de Venise se rend à la Salute, le 21 novembre*, vers 1766-1770, huile sur toile, 67 x 100 cm. Musée du Louvre, Paris. © RMN-Grand-Palais (musée du Louvre)/ Béatrice Hatala.

26. École italienne, *Portrait d'Antonio Vivaldi* (1678-1741), XVIIIe siècle, huile sur toile. Civico Museo bibliografico musicale, Bologne. © Luisa Ricciarini/Leemage.

27. Alessandro Falca, dit Alessandro Longhi (1733-1813), *Portrait de*

Carlo Goldoni (1707-1793), huile sur toile. Musei civici veneziani, Venise. ©Aisa/Leemage.

28. Giovanni Battista Tiepolo (1696-1770), *Renaud observé* (détail), huile sur toile, 70 x 132 cm. Galerie des Offices, Florence. © Archives Alinari, Florence distr. RMN-Grand-Palais/ Georges Tatge.

29. Nicolas de Launay d'après Pierre-Antoine Baudouin (1723-1769), *La Sentinelle prise en défaut*, vers 1770, gravure, 50 x 65 cm. Bibliothèque nationale de France, Paris. © BnF, Paris.

30. Jean-Honoré Fragonard (1732-1806), *Le Baiser volé*, 1756-1761, huile sur toile, 48 x 63 cm. Metropolitan Museum of Art, New York. © The Metropolitan Museum of Art, distr. RMN-Grand-Palais/ Image MMA.

31. *Nanette et Marton*, illustration de José Zamora pour *Memorias* de Giacomo Casanova. Éditions Renacimiento, Madrid, 1916. Coll. part. Photo collection particulière.

32. École napolitaine, *Portrait de jeune homme avec tambourin*, XVIIIe siècle, huile sur toile, 61 x 49 cm. Palazzo reale, Caserte. © Palazzo Reale, Caserte/Antonio.

33. Giacomo Casanova, *Histoire de ma vie*, 1789-1798, tome I, chapitre XI, folio 164 verso (extrait), manuscrit. Bibliothèque nationale de France, Paris, NAF 28604 (1). © BnF, Paris.

34. Jean-Marc Nattier (1685-1766), *Portrait de Madame Henriette de France jouant de la basse de viole*, huile sur toile, 234 x 163 cm. Châteaux de Versailles et de Trianon, Versailles. © RMN-Grand-Palais/ Gérard Blot.

35. Pietro Falca, dit Pietro Longhi (1702-1785), *Le Couturier*, huile sur toile, 60 x 49 cm. Galleria dell'Accademia, Venise. © Archives Alinari, Florence, distr. RMN-Grand-Palais/ George Tatge.

36. Alexandre Roslin (1718-1793), *La Dame au voile*, 1768, huile sur toile, 65 x 54 cm. Nationalmuseum, Stockholm. © Nationalmuseum, Stockholm/Bridgeman images.

37. Jean-Marc Nattier (1685-1766), *Thalie, Muse de la Comédie*, 1739, huile sur toile, 135,9 x 124,5 cm. Fine Arts Museums of San Francisco. © Museum purchase, Mildred Anna Williams collection, Fine Arts Museums of San Francisco.

38. Francesco Guardi (1712-1793), *Le Ridotto*, 1755, huile sur toile, 108 x 208 cm. Ca'Rezzonico, musée du XVIIIe siècle vénitien, Venise. © Archives Alinari, Florence, distr. RMN-Grand-Palais/ Mauro Magliani.

39. Francesco Guardi (1712-179), *Le Parloir des religieuses à San Zaccaria*, huile sur toile, 108 x 208 cm. Ca'Rezzonico, musée du XVIIIe siècle vénitien, Venise. © Luisa Ricciarini/ Leemage.

40. Jean-François Janinet, d'après Niklas Lafrensen, dit Lavreince (1737-1807), *La Comparaison*, 1786, gravure en couleur, 50 x 65 cm. Bibliothèque nationale de France, Paris. © BnF, Paris.

41. *Suzon et Saturnin*, illustration pour *Histoire de Don B***, portier des chartreux, écrite par lui-même* de Jean-Baptiste Gervaise de Latouche, Paris, 1741. Bibliothèque nationale de France, Paris, Enfer 326. © BnF, Paris.

42. Frontispice de *Vénus dans le cloître ou La Religieuse en chemise* de l'abbé du Prat, 1683. Cologne, Jacques Durand, 1683. Bibliothèque nationale de France, Paris. © BnF, Paris.

43. Frontispice de *L'Académie des Dames* de Nicolas Chorier, Venise, après 1770. Bibliothèque nationale

de France, Paris, Enfer 277. © BnF, Paris.

44. Jean-Marc Nattier (1685-1766), *Les Amoureux*, 1744, huile sur toile, 58 x 74 cm. Bayerische Staatsgemäldesammlungen, Alte Pinakothek. © BPK Berlin, distr. RMN-Grand-Palais/Image BStGS.

45. Isidore Stanislas Helman (1743-1809), d'après Jean-Michel Moreau, le Jeune (1741-1814), *Le Souper fin*, 1781, estampe, 41,4 x 32,8 cm. Bibliothèque nationale de France, Paris. © BnF, Paris.

46. Miroir vénitien, XVIIIe siècle. Coll. part. © A. Dagli Orti/De Agostini Picture/AKG images.

47. École française, *La Courtisane amoureuse*, vers 1750, huile sur toile, 40,5 x 33 cm. Musée Jean-de-la-Fontaine, Château-Thierry. © Musée Jean-de-la-Fontaine.

48. Charles Joseph Natoire (1700-1777), *Louise-Anne de Bourbon, mademoiselle de Charolais, en costume de moine fantaisie tenant le cordon de saint François*, huile sur toile, 118 x 90 cm. Châteaux de Versailles et de Trianon, Versailles. © RMN-Grand-Palais (Château de Versailles)/Gérard Blot/Christian Jean.

49. Jean-Baptiste Greuze (1725-1805), Portrait du cardinal de Bernis, huile sur toile, 54,6 x 45,1 cm. Coll. part. © Johnny Van Haeften Ldt, Londres/Bridgeman images.

50. *Julie avec un athlète*, planche 5 de *L'Arétin d'Augustin Carrache* (1557-1602) ou *Recueil des postures érotiques*, d'après les gravures à l'eau-forte par cet artiste célèbre, avec les textes explicatifs des sujets, La Nouvelle Cythère, Paris, 1798. Bibliothèque nationale de France, Paris, Enfer Smith Lesouef-4. © BnF, Paris.

51. Vue de Venise et de la lagune prise des Plombs, photographie. Palais des Doges, Venise. © Philippe Jandrok.

52. Venise, pont des Soupirs, fin XIXe siècle, photographie. Musée Gustave-Moreau, Paris. © RMN-Grand-Palais/Frank Raux.

53. Giacomo Casanova, *Histoire de ma fuite des prisons de la République de Venise, qu'on appelle les Plombs, écrite à Dux en Bohême l'année 1787*, Leipzig, Lenoble de Schönfeld, 1788, frontispice et page de titre, gravure de Johann Berka. Bibliothèque nationale de France, Paris. © BnF, Paris.

54. Vue intérieure de la prison des Plombs, palais des Doges, Venise. © Roman Santi/Age fotostock.

55-56-57. Giorgio De Chirico (1888-1978), illustrations pour *Storia della mia fuga dai Piombi di Venezia* de Giacomo Casanova, Armando Curcio Editore, 1967. Coll. part. © Collection particulière/Éditions Gallimard. © Adagp, Paris 2015.

58. *Casanova s'échappe de la prison des Plombs*, aquarelle d'Auguste Leroux (1871-1954) gravée par Jacomet, illustration pour *Histoire de ma vie* de Giacomo Casanova, Éditions Javal et Bourdeaux, 1931-1932. Coll. part. © Éditions Javal et Bourdeaux/Auguste Leroux/DR.

59. Giacomo Casanova, *Histoire de ma vie*, 1789-1798, tome III, chapitre XIV, folio 342 recto, manuscrit. Bibliothèque nationale de France, Paris, NAF 28604 (3). © BnF, Paris.

60. Giacomo Casanova, *Histoire de ma vie*, 1789-1798, tome III, chapitre XV, folio 362 recto, manuscrit. Bibliothèque nationale de France, Paris, NAF 28604 (3). © BnF, Paris.

61. *Évasion de la prison des Plombs*, illustration pour *Histoire de ma fuite des prisons de la République de Venise, qu'on appelle les Plombs, écrite à Dux en Bohême*

l'année 1787. Leipzig, Le Noble de Schönfeld, 1788, gravure de Johann Berka. Bibliothèque nationale de France, Paris. © Archives Gallimard/BnF, Paris.

62. Louis-Michel Van Loo (1707-1771), *Portrait d'Étienne-François duc de Choiseul-Stainville*, huile sur toile, 94,8 x 123 cm. Châteaux de Versailles et de Trianon, Versailles. © RMN-Grand-Palais/Château de Versailles/Jean-Marc Manaï.

63. Jean-Baptiste Nicolas Raguenet (1715-1793), *Le Pont Neuf et la Samaritaine à Paris,* huile sur toile, 45 x 79 cm. Musée du Louvre, Paris. © RMN-Grand-Palais/Hervé Lewandowski.

64. D'après Jean-François de Troy (1679-1752), *Portrait présumé de Rosa Giovanna Balletti, dite Silvia*, gravure. Bibliothèque nationale de France, Paris. © Archives Gallimard.

65. *Vue de la salle du Théâtre-Français à Paris*, fin XVIIIe siècle, gravure d'après Meunier. Bibliothèque des Arts décoratifs, Paris. © DeAgostini/Leemage.

66. D'après Pierre Paul Prud'hon (1758-1823), *La Fortune*, gravure. Coll. part. © Archives Gallimard.

67. Francesco Giuseppe Casanova (1727-1803), *Choc de cavalerie*, huile sur toile, 130 x 196 cm. Musée du Louvre, Paris. © RMN-Grand-Palais/Gérard Blot.

68. Francesco Giuseppe Casanova (1727-1803), *Paysage avec des voyageurs et un berger*, huile sur toile, 73 x 98 cm. Coll. part. © Ullsteinbild/Imagio.

69. Jean-Marc Nattier (1685-1766), *Portrait de Manon Balletti*, 1757, huile sur toile, 54 x 47 cm. National Gallery, Londres. © Photo Josse/Leemage.

70. François Boucher (1703-1770), *L'Odalisque blonde*, vers 1752, huile sur toile, 59,5 x 73,5 cm. Wallraf Richartz Museum, Cologne. © Wallraf Richartz Museum/Bridgeman images.

71. Frontispice de l'ouvrage *Le Parc au cerf ou L'Origine de l'affreux déficit*, par un zélé patriote, L. G. Bourdon, Paris, sur les débris de la Bastille, 1790. Coll. part. © Collection particulière/Éditions Gallimard.

72. Jean-Marc Nattier (1685-1766). *Madame Marie-Henriette Berthelot de Pleneuf*, huile sur toile. Coll. part. © Agnew's, Londres/ Bridgeman images.

73. Jean-Marc Nattier (1685-1766), *Anne Marie de Mailly-Nesle, représentée en point du jour,* 1740, huile sur toile, 81 x 96 cm. Châteaux de Versailles et de Trianon, Versailles. © RMN-Grand-Palais (Château de Versailles)/Daniel Arnaudet.

74. Denis Diderot, *Sallon de 1767*, manuscrit. Bibliothèque nationale de France, NAF 13751. © Archives Gallimard.

75. Tablier anglais franc-maçon en cuir et en soie, vers 1790. United Grand Lodge of England, Londres. © Board of General Purposes of the United Grand Lodge of England.

76 à 80. *Assemblée des francs-maçons pour la réception des maîtres*, gravures au burin,1774-1775, mises en couleurs. Coll. part. © Archives Gallimard.

81. *Pentacle*, figure extraite du *Livre de la clavicule de Salomon, roy des Hébreux, traduit de langue hébraïque en langue italienne par Abraham Colorno par ordre de S.A.S. de Mantoue et mis nouvellement en français,* manuscrit, XVIIIe siècle. Bibliothèque de l'Arsenal, Paris. © Archives Gallimard/BnF, Paris.

82. Giacomo Casanova, brouillon d'une lettre adressée à Mlle Eva Frank, Dux, 23 septembre 1793 (extraits), où il affirme posséder le Kab-Eli numérique, manuscrit.

Archives d'État, Prague, BOB U9, folios 79 à 82.

83. Giacomo Casanova, brouillon d'une lettre adressée à Mlle Eva Frank, Dux, 23 septembre 1793 (extraits), essai de réponse par les nombres à une interrogation posée par Mlle Frank, manuscrit. Archives d'État, Prague, BOB U9, folios 79 à 82.

84. Frontispice et page de titre de l'ouvrage *The conjurer unmasked*, version anglaise de *La Magie blanche dévoilée* de Henri Decremps, Londres 1785. British Library, Londres. © British Library/Akg images.

85. *Volontairette veut apprendre de mauvais arts*, illustration pour *Le Pèlerinage des deux sœurs Colombelle et Volontairette vers leur bien-aimé dans la cité de Jérusalem* de Boetius Adamsz Bolswert, Anvers 1636. Bibliothèque de l'Arsenal, Paris. © Archives Gallimard/BnF, Paris.

86. *Giacomo Casanova*, gravure de Rockwell Kent (1882-1971), frontispice de *Memoirs of Jacques Casanova De Seingalt*, traduction d'Arthur Machen, Éditions Aventuros, 1925. Coll. part. © Éditions Aventuros/Rockwell Kent/DR.

87. *Solutio Perfecta*, planche d'un manuscrit à peintures du XVIIe siècle. Bibliothèque de l'Arsenal, Paris, Ms 975, folio 13. © BnF, Paris.

88. Instruments et symboles alchimiques, page de titre de *Alchimie* de Nicolas Flamel, manuscrit à peintures. Bibliothèque nationale de France, Paris Fr. 14765, folio 204. © BnF, Paris.

89. Laissez-passer délivré à Casanova par le duc de Choiseul, 1767. Archives d'État, Prague, BOB U16F. © Archives d'État, Prague.

90. Attribué à Jan Ten Compe (1713-1761), *Le Houtegracht à Amsterdam*, 1752, huile sur panneau, 38,2 x 51,5 cm. Coll. part. © Christie's images/Bridgeman images.

91 D'après François Boucher (1703-1770), *Le Matin*, gravure. Coll. part. © Archives Gallimard.

92. *Le Comte de Saint-Germain, célèbre alchimiste*, gravure anonyme, XVIIIe siècle. Coll. part. © Archives Gallimard.

93. *Portrait de Joseph Balsamo, comte de Cagliostro*, gravure anonyme, XVIIIe siècle. Coll. part. © Archives Gallimard.

94 Analyse mathématique du hasard dans les jeux, illustration pour *Essaye d'analyse sur les jeux de hasard* de Pierre-Rémond de Montmort, Paris, J. Quillau 1708. Bibliothèque de l'Arsenal, Paris. © BnF, Paris.

95. « Les damas vendus à Paris », 1735. Recueil d'échantillons d'étoffes et de toiles des manufactures de France du maréchal de Richelieu. Bibliothèque nationale de France, Paris. © BnF, Paris.

96. Jean-François de Troy (1679-1752), *La Déclaration d'amour*, 1731, huile sur toile, 71 x 91 cm. Staatliche Schlösser und Gärten, Schloss Charlottenburg, Berlin. © BPK, Berlin, distr. RMN-Grand-Palais/Jörg P. Anders.

97. William Hogarth (1697-1764), *La Carrière du Roué, L'Orgie*, 1733, huile sur toile, 62,2 x 75 cm. Sir John Soane's Museum, Londres. © The Trustees of Sir John Soane's Museum/Bridgeman images.

98. Anonyme, *Caricature de Giacomo Casanova*, XVIIIe siècle. Coll. part. © Corbis/Betmann.

99a-99b. Franz Rousseau (1717-1804), *Bal masqué au théâtre de la cour de Bonn*, 1754, huile sur toile, 105 x 146 cm. Château d'Augustusburg, Brühl. © Erich Lessing/Akg images.

100. Giacomo Casanova, *Histoire de ma vie*, 1789-1798, tome I, chapitre XIII, folio 187 recto (extrait), manuscrit.

Bibliothèque nationale de France, Paris, NAF 28604 (1). © BnF, Paris.

101. Bibliothèque de l'abbaye d'Einsiedeln. © Carma Casula/Agefotostock.

102. Georg Balthasar Probst (1732-1801), *Vue de la bibliothèque de Göttingen*, 1740, estampe. Bibliothèque nationale de France, Paris. © BnF, Paris.

103. Jean Huber (1721-1786), *Voltaire accueillant des invités*, vers 1750-1775, huile sur toile. Musée de l'Ermitage, Saint-Pétersbourg. © RIA novosti/Akg images.

104. Maurice Quentin de La Tour (1704-1788), *Jean-Jacques Rousseau*, 1753, pastel. Musée d'Art et d'Histoire, Genève. © Archives Gallimard.

105. *Portrait de Albrecht von Haller*, XVIIIe siècle, gravure sur cuivre. Coll. part. © Archives Gallimard.

106. Jean-Honoré Fragonard (1732-1806), *Les Curieuses*, huile sur toile, 16,5 x 12,5 cm. Musée du Louvre, Paris. © RMN-Grand-Palais (musée du Louvre)/Stéphane Maréchale.

107. Attribué à Pierre-Antoine Baudouin (1723-1769), *Giacomo Casanova âgé de 30 ans*, miniature. Portrait perdu, reproduit dans un article de Ver Heyden de Lancey, GBA, 1934.

108. Jacques Charlier (vers 1720-1790), *La Baigneuse*, peinture sur ivoire, diam. : 8,4 cm. Musée du Louvre, Paris. © Musée du Louvre, distr. RMN-Grand-Palais/ Martine Beck-Coppola.

109. Giacomo Casanova, *Histoire de ma vie*, 1789-1798, tome VI, chapitre VI, folio 86 verso, manuscrit. Bibliothèque nationale de France, Paris, NAF 28604 (6). © BnF, Paris.

110. Johann-Joachim Kaendler (1706-1775), *Amoureux à la cage*, porcelaine dure et polychromie, manufacture de Meissen, 12,8 x 14,8 x 12,7 cm. Cité de la Céramique, Sèvres. © RMN-Grand-Palais/Martine Beck-Coppola.

111. Nicolas Lavreince le Jeune (1737-1807), *Le Déjeuner en tête à tête*, gouache sur papier, 16,2 x 12,4 cm. Musée du Louvre, Paris. © RMN-Grand-Palais (musée du Louvre)/Jean-Gilles Berizzi.

112. Antonio Canaletto (1697-1768), *Vue de la Tamise et du pont de Westminster*, vers 1746-1747, huile sur toile, 118 x 238 cm. Palais Lobkowicz, château de Prague. © Palais Lobkowicz, château de Prague/ Bridgeman images.

113. Anonyme, *Marianne Charpillon*, d'après une miniature de Laurent Person, XXe siècle, estampe. Coll. part. © PBK, Berlin, distr. RMN-Grand-Palais/ image PBK.

114. Maurice Quentin de La Tour (1704-1788), *Portrait de Louis XV en buste*, pastel sur papier gris, 60 x 54 cm. Musée du Louvre, Paris. © RMN-Grand-Palais (musée du Louvre)/Tony Querrec.

115. Joseph Anton Koch (1768-1839), *Le Colonel Christoph Dionysius von Seeger avec des étudiants face au duc de Wurtemberg Carl Eugen*, 179, plume, lavis, rehauts de blanc sur papier, 17 x 24,9 cm. Staatliches Kupferstichkabinett, Dresde. © AKG images.

116. École allemande, *Portrait de Frédéric II de Prusse*, huile sur toile, XVIIIe siècle. Staatliche Schlösser und Gärten, Schloss Charlottenburg, Berlin. © DeAgostini/Leemage.

117. Vigilius Erichsen (1722-1782), *Portrait de l'impératrice Catherine II*, vers 1780, huile sur toile, 91 x 70 cm. Coll. part. © FineArtImages/ Leemage.

118. Marcello Bacciarelli (1731-1818), *Portrait de Stanislas II Auguste Poniatowski en habit de sacre*, 1764. Château royal, Varsovie. © Archives Gallimard.

119. Rosario Morra (1953), illustration pour *Memorie scritte da lui medesimo*, Éditions Olivetti, Milan, 1996. © Éditions Olivetti/Rosario Morra.

120. Giacomo Casanova, *Supplimento all' opera intitolata Confutazione della storia del governo veneto d'Amelot de La Houssaye*, Amsterdam, 1769. Bibliothèque Marciana, Venise. © Archives Gallimard.

121. Giuseppe Bernardino Bison (1762-1844), *Place Saint-Pierre à Trieste*, huile sur toile. Coll. part. © DeAgostini Picture Library/ Scala Archives.

122. Antonio Canaletto (1697-1768), *Le Grand Canal vers la pointe de la Douane*, 1740-1745, huile sur toile. Pinacothèque de Brera, Milan. © Archives Alinari, Florence, distr. RMN-Grand-Palais/Mauro Magliani.

123. Giacomo Casanova, *Dell' Iliade di Omero, tradotta in ottava rima*, page de titre, tome I, Venise, 1775. Coll. part. © Photo Naomi Wenger.

124. *La Bocca di leone*, palais des Doges, Venise. © Cameraphoto/Scala.

125. Giacomo Casanova, *Le Messager de Thalie*, numéro IV, Venise, 1780. Bibliothèque Marciana, Venise. © Archives Gallimard.

126. A. Dettinger, *L'Équipage du prince de Ligne*, dessin à l'encre. Musée de Teplice. © Regionálni Muzeum Teplicích, Teplice.

127. Giacomo Casanova, *Opuscoli miscellanei*, Venise, 1780, page de titre. Bibliothèque Marciana, Venise. © Archives Gallimard.

128. Giacomo Casanova *Ne amori, ne donne ovvero la stalla ripulita*, Venise, 1782, page de titre. Bibliothèque Marciana, Venise. © Archives Gallimard.

129. Giacomo Casanova, texte pour l'aria de Leporello (acte II) de l'opéra de Mozart *Don Giovanni*. Archives d'État, Prague. © Erich Lessing/Akg images.

130. Barbara Krafft (1764-1825), *Portrait (posthume) de Wolfgang Amadeus Mozart*, 1818, huile sur toile, Société des Amis de la Musique, Vienne. © Société des Amis de la Musique, Vienne/ The Art Archive/ Picture desk.

131. Josef Arnold (1788-1879), *Portrait du comte Joseph-Charles de Waldstein*, 1812, huile sur toile. Château de Duchcov. © TopFoto/ Roger Viollet.

132. Francesco Giuseppe Casanova (1727-1802), *Portrait de Giacomo Casanova âgé de 71 ans*, 1796, miniature, 12 x 10 cm. Coll. part. Photo collection particulière.

133. Anonyme, *Vue du château de Dux*, XVIIIe siècle, huile sur toile. Château de Duchcov. © Château de Duchcov.

134. A. Dettinger, *Soirée musicale*, dessin à l'encre. Musée de Teplice. © Regionálni Muzeum Teplicích, Teplice.

135. A. Dettinger, *Le Prince de Ligne à sa table de jeu*, dessin à l'encre. Musée de Teplice. © Regionálni Muzeum Teplicích, Teplice.

136. Anonyme, *Giacomo Casanova et Marie-Christine Clary-Aldringen*, XVIIIe siècle, silhouette découpée. Musée de Teplice. © Regionálni Muzeum Teplicích, Teplice.

137. Anonyme, *Portrait de Charles Joseph prince de Ligne*, 1810, huile sur toile. Heeresgeschichtliches Museum, Vienne. Erich Lessing/ Akg images.

138. Attribué à Francesco Narici (1719-1785), *Portrait de Giacomo Casanova âgé de 42 ans* (portrait présumé anciennement attribué à Anton Raphael Mengs), vers 1760, huile sur toile, 152 x 130 cm. Collection Giuseppe Bignami. © Roger Viollet.

139. Jean Huber (1721-1786), *Un dîner de philosophes* ou *La Sainte Cène du Patriarche*, vers 1772,

huile sur toile. Voltaire Foundation, university of Oxford. © Voltaire Foundation.

140. Giacomo Casanova, *Icosaméron ou Histoire d'Édouard et d'Élisabeth qui passèrent quatre-vingt-un ans chez les Mégamicres, habitants aborigènes du Protocosme dans l'intérieur de notre globe*, frontispice avec un portrait de Casanova à l'âge de 63 ans gravé par L. Berka et page de titre, Prague 1788. Bibliothèque Marciana, Venise. © Archives Gallimard.

141. Giacomo Casanova, notes préparatoires à la rédaction *d'Histoire de ma vie*, manuscrit. Archives d'État de Prague, U31-61. © Archives d'État, Prague.

142. Giacomo Casanova, notes préparatoires à la rédaction *d'Histoire de ma vie*, manuscrit. Archives d'État de Prague, U16k-54. © Archives d'État, Prague.

143. Duel entre Giacomo Casanova et Franciszek Ksawery Branicki, illustration de Fernand Schultz-Wettel, pour *Les Mémoires de Giacomo Casanova*, Neufeld et Henius, 1925. Coll. part. © Collection particulière/Éditions Gallimard.

144. Giandomenico Tiepolo (1727-1804) *Le Monde nouveau*, 1791, fresque déposée, 205 x 525 cm. Ca'Rezzonico, musée du XVIIIe siècle vénitien, Venise. © Electa/Leemage.

145. Milo Manara, *Casanova,* 2000, lithographie, 30 x 40, BFB éditions. Coll. part. © Milo Manara.

146. Page de titre de *Aus den Memoiren des Venetianers Jacob Casanova de Seingalt*, volume I, F.A. Brockhaus, 1822. Coll. part. © Collection particulière/Éditions Gallimard.

147. Page de titre de *Mémoires de J. Casanova de Seingalt écrits par lui-même*, F.A.Brockhaus – Ponthieu et comp. Paris, 1826. Coll. part. © Collection particulière/Éditions Gallimard.

148. Lecture du manuscrit d'*Histoire de ma vie* de Casanova chez l'éditeur allemand Brockhaus, vers 1964. © Corbis/Hulton.

149. *Mémoires de J. Casanova de Seingalt écrits par lui-même*, Éditions de La Sirène, tome XII, 1935, couverture. Coll. part. © Collection particulière/Éditions Gallimard.

150. Affiche pour la sortie du premier tome de la nouvelle édition d'*Histoire de ma vie* de Giacomo Casanova dans la collection «Bibliothèque de la Pléiade», Gallimard, 2013. © Éditions Gallimard.

151. J. Rives Childs, *Casanova*, Jean-Jacques Pauvert, 1962, couverture. Coll. part. © Collection particulière/Éditions Gallimard.

152. J. Rives Childs, *Casanova, A New Perspective*, A Giniger Book/Paragon House, 1988, couverture. Coll. part. © Collection particulière/Éditions Gallimard.

153. *Pages casanoviennes*, publiées sous la direction de Joseph Pollio et Raoul Vèze, *Le Duel ou Essai sur la vie de J.C. vénitien,* Librairie de la Société casanovienne, 1925, couverture. Coll. part. © Collection particulière/Éditions Gallimard.

154. Édouard Maynial et Raoul Vèze, *La Fin d'un aventurier, Casanova après les mémoires*. Mercure de France, 1952, couverture. Coll. part. © Collection particulière/Éditions Gallimard.

155. Francesco Casanova (1727-1803). *Casanova*, vers 1751, crayons, 20 x 15,5 cm. Gosudarstvennyi Istoriceskij Musej (Musée historique d'État), Moscou. © Archives Editions Gallimard.

156. Statue de Casanova, Venise. © Photo12/Alamy.

157. Federico Fellini, *Casanova*, dessin préparatoire pour le personnage de son film *Casanova*, 1976.

Coll. part. © Collection particulière/ Éditions Gallimard.

158. Chantal Thomas, *Casanova, Un voyage libertin*, couverture, illustration de Hugo Pratt, Éditions Gallimard, collection « Folio », 1998. © Éditions Gallimard.

159. Lydia Flem et Philippe Sollers devant le manuscrit de Casanova, Bibliothèque Médicis, mars 2010. © Thierry Sauvage.

160. George Barbier (1882-1932), *Un salon dans une hôtellerie à Venise*, décors, pochoir, 24,3 x 19,3 cm, planche 20, L. Vogel, 1921. Bibliothèque nationale de France, Paris © BnF, Paris.

161. Maurice Rostand, *La Vie amoureuse de Casanova*, Flammarion, 1926. Exemplaire aquarellé par Auguste Leroux. Coll. part. © Jean-Étienne Huret.

162. Gerda Wegener (1886-1940), illustration pour *Une aventure d'amour à Venise*, aquarelle gravée sur bois par Georges Aubert et à l'eau-forte en couleurs par André Lambert, Éditions Georges Buffart, 1927. Coll. part. Photo collection particulière.

163. George Barbier (1882-1932), illustration pour *Les Plus Belles Heures d'amour de Casanova*, gravure sur bois, Éditions Crès, 1921. Coll. part. © Collection particulière/Éditions Gallimard.

164. Vincente Minelli (1903-1986), illustrations pour *Mémoires*, Éditions Joseph Monet, New York, 1930. Coll. part. © Éditions JosephMonet/ Vincente Minelli/DR.

165. George Barbier (1882-1932), illustration pour *Les Plus Belles Heures d'amour de Casanova*, gravure sur bois, Éditions Crès, 1921. Coll. part. © Collection particulière/ Éditions Gallimard.

166. Ivan Mosjoukine dans le rôle de Casanova dans le film d'Alexandre Volkoff, *Casanova*, 1927. © Collection ChristopheL/Ciné-Alliance.

167. Ivan Mosjoukine (Casanova) et Diana Karenne (Maria Mari) dans le film d'Alexandre Volkoff, *Casanova*, 1927. © Collection ChristopheL/ Ciné-Alliance.

168. Claudio De Kunert (Casanova enfant) et Maria Grazia Buccella (Zanetta) dans le film de Luigi Comencini, *Casanova, un adolescent à Venise*, 1969. © Collection ChristopheL/Mega Film.

169. Alain Delon dans le rôle de Casanova dans le film d'Édouard Niermans, *Le Retour de Casanova*, 1992. © Collection ChristopheL.

170. Donald Sutherland (Casanova) et Tina Aumont (Henriette) dans le film de Federico Fellini, *Casanova Fellini*, 1976. © Collection ChristopheL/PEA.

171. Donald Sutherland (Casanova) et Adele Angela Lojodice (le pantin de bois) dans le film de Federico Fellini, *Casanova Fellini*, 1976. © Collection ChristopheL/PEA

172. Donald Sutherland (Casanova) et Cicely Browne (la marquise d'Urfé) dans le film de Federico Fellini, *Casanova Fellini*, 1976. © Collection ChristopheL/PEA.

173. Marcello Mastroianni dans le rôle de Casanova dans le film d'Ettore Scola, *La Nuit de Varennes*, 1982. © Collection ChristopheL/ Daniel Toscan du Plantier.

174. Giandomenico Tiepolo (1727-1804), *La Balade à trois*, fresque, 20 x 15 cm. Ca'Rezzonico, musée du XVIIIe siècle vénitien, Venise. © Archives Alinari, Florence, distr. RMN-Grand-Palais/Mauro Magliani.

Nous avons cherché en vain les ayants droit et héritiers de certains documents. Un compte leur est ouvert à nos éditions.

INDEX

DES NOMS DE PERSONNES,
DE LIEUX, ET D'ŒUVRES CITÉS

Les chiffres renvoient aux pages
(en romain pour le texte, en italique pour les légendes)

D

E

F

G

H-I

J-K

L

M

N-O

P-Q

R

S

T

U-V

W

Z

LE MYTHE CASANOVA

Romans, théâtre, essais

Revues, périodiques

Films

Responsable éditoriale : Anne Lemaire.
Recherche iconographique : Claire Balladur.
Mise en page : Isabelle Flamigni.
Fabrication : Mélanie Lahaye.

Photogravure : APEX.

Ce cinquante-quatrième album de la Pléiade
a été achevé d'imprimer le 5 mars 2015
sur les presses de l'imprimerie Clerc
et tiré sur G-Print 100 grammes
des Papeteries Arctic Papers.
La reliure de l'édition originale a été exécutée par
Babouot à Lagny-sur-Marne, en pleine peau.

Dépôt légal : mars 2015
Imprimé en France

ISBN : 978-2-07-013563-9
Numéro d'édition : 233726